Auto-édition Amazon 2017 – illustration Aurélie Barnéoud-Pastor

Une fourmi dans le sable

Roman

Aurélie Barnéoud-Pastor

à Amina, Myriam et Bahija.

I

Une goutte tiède de sueur roula le long de sa colonne vertébrale. Ilhame saisit la pointe de son foulard pour s'essuyer le front et le tour de la bouche. À présent elle était pressée ! Elle devait terminer de suspendre le linge et jeter quelques légumes dans un tajine avant l'arrivée des filles, qui allaient bientôt pousser la porte. Aujourd'hui, ce serait un demi oignon, une tomate et deux pommes de terre. Ce qui comptait c'était le jus, pour donner du goût au pain. Demain, si Dieu le voulait, il y aurait du nouveau dans le plat. La voisine avait promis de lui donner quelques petits pois en échange d'une aide au potager.

Dès l'aube, chaque jour, elle vaquait aux tâches ménagères en écoutant de la musique à la radio. C'était son grand plaisir. Ça lui traversait le corps. Ça lui emportait l'âme. Mais ce matin, elle avait pris du retard. Quelqu'un avait déréglé son transistor et elle ne retrouvait pas la fréquence. Alors, en cherchant, elle était tombée par hasard sur des voix qui l'avaient interpellée. Curieuse, pour la première fois, elle préféra écouter une discussion plutôt que de la musique. Cette station inconnue diffusait un programme surprenant.

Subjuguée, elle s'était assise là, à ne rien faire, seule au milieu de sa cour, avec le ciel comme unique témoin, les mains entre les genoux, la tête baissée, juste à écouter. L'émission évoquait la question la jouissance sexuelle de la femme. Un peu gênée, elle se concentrait sur les mots des spécialistes, tout en jetant un œil de temps à autre, vers le petit garçon endormi sur un tapis, dans la pièce voisine. Calme, attentive aux propos des personnes qui s'exprimaient si bien, elle ne comprenait pas tous les mots, mais percevait l'intimité presque indécente du sujet. Il était soi-disant possible de se refuser occasionnellement à son mari, tout en préservant l'harmonie du couple. Et le désir se devait d'être partagé. On recommandait même aux femmes de chercher le plaisir pendant l'acte. Le mari avait d'ailleurs le devoir de bien s'appliquer à lui en donner, du plaisir ! En plus, c'était des hommes qui parlaient ! Était-il permis de tenir de tels propos à la radio ? Tout le monde pouvait entendre ! Et surtout, était-il permis d'écouter ? Elle ne s'était jamais vraiment posée la question de sa propre jouissance, car soucieuse de bien faire, elle obtempérait simplement lorsque le besoin se faisait pressant en se donnant systématiquement à Hassan, son mari, un homme plutôt agréable à regarder.

Avec le temps, elle avait appris à se soumettre, le laissant faire patiemment, contente finalement de faire son devoir. Une fois l'homme contenté, elle pouvait être à peu près tranquille jusqu'au jour suivant. En attendant, il se montrait relativement supportable. En fait, sa docilité profitait à la famille toute entière.

Le couple habitait un petit village du nom de Septe, dans la palmeraie à quelques minutes de Marrakech. Ils avaient deux filles et un garçon. Zorah, quinze ans, était grande, forte et responsable. Elle cuisinait, lavait le linge, savait coudre et prendre soin de son frère. Elle rêvait d'être hôtesse de l'air. En regardant émerveillée les avions passer dans le ciel, plusieurs fois par jour elle imaginait comment cela devait être à l'intérieur. Deux ou trois fois seulement, elle avait vu à la télévision l'intérieur d'une cabine, mais elle ne connaissait personne capable de lui en raconter davantage à ce sujet. En choisissant un tel métier, elle visait tout simplement l'inouï, le phénoménal, elle déclarait la guerre à l'impossible. Voler dans les nuages, habillée en femme moderne !

Si les tâches ménagères rebutaient Yasmine la cadette, à treize ans elle n'avait qu'un but, devenir agent de police. Ainsi, elle gagnerait sa vie, serait indépendante et surtout, elle s'imaginait avec délectation donner des ordres aux hommes. Elle n'avait de cesse d'étudier pour être la meilleure dans toutes les matières. C'était une obsession. Quand elle avait le nez plongé dans ses cahiers, la mère évitait de la solliciter. Même si elle était consciente que leurs rêves ne seraient probablement jamais réalisés, car filles de famille pauvre et qu'y parvenir relèverait du miracle, elle veillait à ne pas les décourager. Ne savait-on jamais. Ici, par nécessité, les parents poussaient toujours leurs filles au mariage ou à travailler aux champs, bien avant d'avoir obtenu le moindre diplôme. Les savoir casées permettait de respirer enfin.

Omar avait sept ans. Parfois, un démon s'emparait de son corps. Il s'effondrait soudain par terre, ses muscles se raidissaient jusqu'à devenir comme du bois, ses yeux se révulsaient, sa bouche se tordait et ses membres tremblaient comme si quelque chose les secouait de l'intérieur. Venait ensuite la léthargie puis les syllabes incompréhensibles. À chaque crise, la mère se précipitait à genoux et priait de toutes ses forces. Pas cette fois mon Dieu, pas cette fois ! Puis lorsque le calme revenait et que l'on percevait le premier mot clair, le tempérament optimiste d'Ilhame prenait le dessus. Alors, le sourire du gamin était pour elle la plus probante marque de bonne santé. L'inquiétude disparaissait instantanément. Elle trouvait toujours de nouvelles idées pour le rendre heureux et l'entendre rire. Une conviction intime l'habitait : si elle était suffisamment courageuse, si elle acceptait sa vie avec résignation et résistance, Dieu finirait par la récompenser en faisant disparaitre le démon.

Avant, Hassan était un bon mari. Ouvrier menuisier, il gagnait correctement sa vie. Sérieux, il était apprécié de son patron. Il avait acheté un coq et des poules et comptait même offrir une vache à sa famille, lorsqu'au deuxième printemps d'Omar la maladie s'était déclarée. En posant des questions aux médecins, il avait pris conscience de l'avenir précaire de son fils. Il reçut la nouvelle comme une injustice terrible. Ça suffisait bien d'avoir déjà deux filles ! Sa femme lui donnait enfin un garçon et voilà qu'il ne serait bon à rien. Une bouche de plus à nourrir sans espoir d'être secondé correctement un jour. Dès lors, une colère latente s'empara de lui, un genre de révolte sourde et sous-jacente, comme un volcan prêt à exploser. Son regard avait changé. Acariâtre, il ne parlait plus que pour ordonner. Il se débrouillait pour être envoyé sur des chantiers de plus en plus éloignés, qui impliquaient de longues absences répétées. Il lui arrivait parfois de ne plus donner de nouvelles pendant plusieurs mois, laissant Ilhame seule avec les enfants, désemparée et sans argent.

Omar, en raison de sa mauvaise santé, n'était pas accepté à l'école. L'instituteur craignait de ne pas savoir gérer les crises. Ne pouvant le laisser sans surveillance, la mère le faisait suivre partout. Il lui fallait sortir occasionnellement pour effectuer de petits travaux d'aides en tous genres qui leur permettaient de subsister. Dix Dirhams pour arracher de la mauvaise herbe, dix autres pour trier du blé ou encore raccommoder un pantalon. Hors de question de demander aux filles de quitter l'école. Elle vivait leurs rêves par procuration. Ça lui donnerait la force de tenir aussi longtemps que possible.

Peu à peu, la famille était devenue la plus démunie du village. Les plus pauvres des pauvres.

Le garçon était la mascotte du Houma *(quartier)*. N'ayant jamais été scolarisé, sa société se résumait à sa famille et au voisinage. Pour cette raison, sa personnalité était d'une fraicheur intacte. Il n'avait aucune retenue, aucun sens des bonnes manières. Sa spontanéité joyeuse laissait sortir les mots de sa bouche sans filtre et dessinait instantanément des sourires sur les visages les plus rigides. L'amour infini de la mère et des sœurs, faisait de lui le roi de l'univers. Comme il ne connaissait rien d'autre, il n'avait aucune conscience d'un quelconque manque et évoluait dans une bulle de rires et de jeux. Ilhame aimait le combler par exemple d'une boisson sucrée qu'elle lui préparait, à base d'orange et de carotte. Elle le lui servait après l'avoir laissé rafraîchir dans le réfrigérateur de sa voisine, toute disposée elle aussi, à choyer l'enfant. Il le dégustait ensuite, impérialement installé sur sa chaise de plastique rose, trouvée par Zorah dans une poubelle. On l'avait soigneusement nettoyée et bardée d'adhésif, pour en faire son trône.

La vie d'Ilhame s'écoulait ainsi, au rythme des prières, dans un douar marocain gorgé d'enfants, de voisines et d'hommes soupçonneux, de chats, d'ânes et de coqs, au son des rires, des chuchotements, des rumeurs et des sifflements de la menuiserie. Demain n'existait pas, seul le présent comptait. Jour après jour, son objectif unique était de gagner de quoi préparer trois repas corrects. Demain, Dieu mettrait sur sa route les épreuves qu'il jugerait appropriées. À eux de faire au mieux avec ça.

II

En descendant de son *Range Rover*, un homme élégant d'une quarantaine d'années, posa le pied dans une flaque profonde et noirâtre.

- Roooh ! Merde !

Il claqua la portière violemment et manqua de se faire renverser par l'attelage d'un âne lancé au galop. Il rouspéta encore et se dirigea vexé, vers le porche d'une usine, de l'autre côté de la rue. Il gravît les marches et s'assit sur la première chaise qu'il trouva. Il retira ses chaussures en pestant. Le voyant dans un tel état de colère, une femme discrète, occupée à ordonner des dossiers, abandonna sa tâche pour venir à son aide.

- Il n'y a pas de problème Monsieur Nicolas, Majid va vous les nettoyer « comme neuves ».
- D'accord. Et dis-lui de les cirer après, s'il te plaît.
- Oui, Monsieur Nicolas.

Alors qu'elle sortait les chaussures à la main, Nicolas en chaussette, se dirigea vers la petite machine à café, y introduisit une capsule et respira profondément. Une fois servi, il se laissa tomber dans son fauteuil club fétiche et ferma les yeux, la tête basculée en arrière.

Persuadé de tenir un bon filon, Nicolas avait établi son usine de confiseries dans la zone industrielle de Marrakech. Il avait transformé une recette de gomme en remplaçant la gélatine porcine par de la gélatine bovine. Les sucreries *halal* étaient consommables par tous et il était le seul à avoir su préserver la souplesse des bonbons classiques. Il reprenait le flambeau des mains de son père. Les affaires marchaient bien. Ses études de marketing lui avaient permis de mettre en lumière les failles de l'ancienne méthode. Il avait tout bouleversé, changé l'apparence de la marque, la cible, la méthode de commercialisation et même le nom. *Les douceurs de Jeanne*, était devenu *Sweets Loomi*. Ça faisait plus *grande distribution*, plus international. Ainsi, il s'était hissé au premier rang des ventes en Orient.

Marrakech, véritable cour de récréation du Monde arabe, était un emplacement stratégiquement idéal pour faire des affaires sans en avoir l'air. Il parvenait à atteindre les personnes les plus influentes, dans une ambiance décontractée. C'était une réussite totale.

Pourtant, quelques années plus tôt, son épouse et ses garçons, n'avaient pas quitté la France avec joie. C'est pourquoi, pour les ménager, il s'était affairé à créer un cadre de vie exceptionnel. Au cœur de la Palmeraie, se trouvait une vaste villa à la façade recouverte de briquettes. De nombreux employés étaient nécessaires pour donner vie à cet univers où les jouets d'enfants et d'adultes peuplaient chaque espace : écuries climatisées, diverses piscines, spa somptueux, salles de sports, terrain de pétanque, green de golf, billard et salle de cinéma. Le jardin était ancien et parcouru d'allées qui invitaient aux balades nocturnes. De grands arbres ombrageaient majestueusement les terrasses. Dans le fond du jardin, on distinguait des murs en pisé. C'était une ferme miniature, agrémentée de bétail nain. Nicolas avait trouvé cette ingénieuse idée pour que les enfants puissent jouer en toute sécurité presque sans surveillance. Autour, un potager poussait tranquillement. La terre y était belle et tendre. Tout était réuni, pour apporter un bien-être absolu à sa tribu.

Dans le bureau de la zone industrielle, sur la table basse, le téléphone sonna, tirant brusquement Nicolas de ses pensées.

- Oui !
- C'est quoi cette voix ? Y a un problème ?
- Je me suis dégueulassé les pompes dans une flaque pourrie. Qu'est-ce qu'il y a ?
- Ben… je t'attends.
- Quoi ? Où ? T'es où là ?

- Devant l'école Papa. Tu m'as oublié.
- Oooh... oui, j't'ai oublié. Excuse-moi mon chéri. Bon, ne bouge pas ! Je t'envoie Youssef, il te déposera à la maison. Là, j'peux pas venir pieds nus. En plus j'ai accepté un rendez-vous avec un type qui veut bosser pour nous sur la Russie. Tu as des devoirs ?
- Papaaa... t'inquiète pas. Je sais ce que j'ai à faire.
- Ouais, je te conseille de savoir. Bisous mon cœur, je t'aime.
- Papa ! S'te plaît ! Ne dis pas ça devant les gens, c'est la honte ! Je suis plus un bébé. Allez, à ce soir alors.

Antoine, quatorze ans, était un beau garçon aux yeux verts. Sa silhouette était longue et ses cheveux roux, en bataille. Les traits de son visage étaient fins. Son regard espiègle captivait les filles de son âge. Il avait peu d'amis. Malgré sa tenue débraillée, il dégageait une élégance nonchalante, souvent perçue comme de l'arrogance. Son indépendance fascinait les autres jeunes. Sans esprit grégaire, sans conformisme, il était par exemple capable de lire tranquillement au pied d'un arbre de la cour du lycée, sans être entouré d'une bande. Cet acte ébahissait ou dérangeait ses congénères. Lorsqu'il avait ce genre d'attitude, c'était le groupe entier qui se sentait rejeté. Ce côté inaccessible charmait d'autant plus les jeunes filles que son esprit était fin et son humour sarcastique. Il était vraiment drôle lorsqu'il le décidait. Une grande complicité liait le père et le fils.

Dans la nuit, la lumière des phares faisait danser les ombres des palmiers qui se levaient puis se couchaient tour à tour, comme des dominos, de part et d'autre de la route. Au volant, Nicolas pensait. Il faisait un bilan. Finalement je suis plutôt heureux. J'ai tout ce dont je rêvais. Je gagne bien ma vie, j'évolue dans un bel endroit, sous un climat agréable, j'ai des relations, je voyage, les gamins sont heureux et Claire aussi. Globalement, je ne me suis pas trop trompé.

Après dix-huit ans de mariage, il était lui-même étonné d'aimer toujours sa femme, Claire. Chose rare, elle avait évolué dans le même sens que lui. C'est même elle qui lui montrait le chemin, parfois. Il fallait le reconnaître. Comme tous deux venaient d'une petite bourgade française, Saint-Amant et qu'ils avaient vécu ensemble cette ascension sociale fulgurante, il avait le sentiment d'être lié à elle par un point commun. Elle seule savait leur petit secret : ils étaient en quelques sortes des parvenus. C'est pourquoi ils connaissaient à la fois les codes du petit et du grand monde. C'était à la fois une force et une faiblesse. Et puis elle était belle. Aussi belle en robe de soirée qu'en pyjama au réveil. Fines attaches, silhouette élancée, crinière fauve. Ses manières lui donnaient une image douce et distinguée. Elle avait notamment pour habitude de tourner ses cheveux souples entre ses mains, pour en faire une unique anglaise, qu'elle positionnait précieusement dans le creux de son cou. Cent fois par jour, elle veillait au maintien de cette parure éphémère. Ajoutée à son teint de porcelaine, cette manie poussant sa féminité à l'extrême, lui conférait une apparence délicatement fragile, précieuse.

Le temps n'avait pas tout à fait eu raison de leur vie sexuelle, en dépit de deux corps qui se connaissent trop bien. Il adorait sa peau claire qui, pendant l'amour, avait le parfum du bon pain tendre. Sans qu'il n'en ait conscience, elle prenait soin de tous. Derrière son apparence première de femme-enfant, elle envisageait son rôle d'épouse avec engagement. Tel un coach, elle lui donnait confiance en lui dans les baisses de régime, choisissait sa chemise, lui prescrivait un partenaire de golf stratégique ou lui murmurait des tournures de phrases dans le creux de l'oreille.

On aurait pu croire que *tout était pour le mieux dans le meilleur des mondes* pourtant, depuis quelques mois, elle était absente. Parfois, il la cherchait, dans l'immense maison. Il avait beau l'appeler, crier, pas de réponse. Un jour, il décida de persévérer et la découvrit prostrée dans une petite bergère, enveloppée d'un plaid, les yeux fixés dans le vide. Elle l'avait entendu, mais ne répondait pas. Pas envie. Nicolas, déconcerté, n'avait pas jugé opportun de lui poser de question. Il flairait la présence d'un profond tunnel noir, vers les méandres sombres du cerveau féminin. Sentant l'aventure émotionnellement trop risquée, il préféra s'exempter de toute exploration périlleuse.

Pourtant elle paraissait aller bien le reste du temps. Il ne pouvait imaginer l'immense effort dont elle faisait preuve au quotidien pour donner le change.

En effet, depuis quelques mois, elle sombrait dans une sorte de *spleen*. Ses envies s'éteignaient une à une, comme des ampoules qui grillent. Non pas qu'elle dénigra sa chance. Tout le monde aurait rêvé de vivre sa vie tranquille, gâtée, bien installée dans ses meubles, à siroter la camomille verbale que lui servait son entourage. Sauf qu'il y avait peu, elle s'était souvenue de ses aspirations de jeune fille et ça lui avait fait mal. Elle n'en parlait guère, mais l'aigreur grignotait tout doucement son sourire. Tour à tour, l'agacement, puis la mélancolie l'envahissaient. Plus de vitalité, plus aucune motivation, elle s'émouvait d'un rien, les larmes lui montaient aux yeux sous n'importe quel prétexte.

À qui aurait-elle pu se confier ? À Nicolas ? Il aurait décrété une crise de *jamaiscontentrite* typiquement féminine. Ses parents s'inquièteraient, ses amies d'enfance la trouveraient indécente, ses relations locales, trop superficielles, ses gosses, trop petits, la bonne... Pfff... n'importe quoi !

Bref. Elle avait pleinement conscience d'être seule et un sentiment de culpabilité amplifiait le problème. Elle décida de réprimer ses humeurs et de prendre patience. Il fallait faire bonne figure en levant le menton, comme le lui avait appris sa grand-mère. Ça passerait certainement.

C'est un soir, à l'occasion d'un repas, qu'elle eut une révélation.

Une dizaine d'invités étaient rassemblés autour d'une table somptueuse, recouverte de mets fabuleux aux saveurs orientales, sous la lumière dorée des bougies. Pastillas aux cailles, zaalouk, briouates, keftas de poisson, fèves, houmous, taboulé libanais, fallafels.

Un homme étrange était invité. Son apparence dénotait. Le visage marqué, les cheveux blancs hirsutes, l'air renfrogné, il semblait être le seul à ne pas se soucier de plaire, au contraire des autres convives. On le disait psychiatre. Il semblait très attentif aux dialogues qui animaient la tablée, sans pour autant participer. Soudain, il sortit de son silence pour prendre la parole. Sans aucune transition, il se mit à expliquer que le record des ventes d'antidépresseurs en France, était détenu par les pharmacies du Vésinet, bien que ce fût l'un des quartiers de l'hexagone les mieux lotis en termes de confort de vie.

Un silence de plomb brisa net le brouhaha. Nicolas, un verre de Bordeaux à la main, ne put s'empêcher d'intervenir. Exaspéré par la grossièreté de cet homme, au risque de déclencher une dispute, il décida d'intervenir et de l'empêcher de poursuivre son raisonnement. Pour lui qui s'était tellement battu pour réussir, c'était insoutenable. Il ne supportait plus ces « gauchistes » qu'on invitait systématiquement dans les dîners mondains, histoire de donner la note intellectuelle et humaniste aux bonnes maisons.

- Oui, c'est vrai, dit-il avec ironie. « L'argent ne fait pas le bonheur » ! Ça va, on connaît le discours. Je me demande pourquoi je me lève le matin, moi ? Ch'uis con en fait !

Satisfait de son bon mot, il leva son verre et fit un clin d'œil à Claire. Il pensait provoquer l'hilarité des convives, mais le psy fut trop prompt à répondre.

- Mon cher Monsieur, sachez que Schopenhauer, qui n'est pas perçu comme un « soixante-huitard à dreadlocks fumeur de pétards dans sa montagne », a dit : *Débarrassé des fardeaux de la vie, l'homme est à charge de lui-même, il devient son propre fardeau. C'est l'ennui. C'est pourquoi il ne lui reste plus qu'à tuer le temps.*

- Et ? Que voulez-vous dire par là ? Demanda Nicolas, doublement piqué car il ne saisissait pas tout à fait le sens de la citation.

- Je veux dire que ce qui nous rend heureux Monsieur, c'est bien l'occupation (éventuellement la qualité des occupations que l'argent pour nous fournir) mais certainement pas l'argent pour l'argent ! Il semblerait que ces dames des beaux quartiers, qui regardent pousser leurs jardins, cachées derrière leurs rideaux de soie, s'ennuient tellement qu'elles dépérissent !

- Oui, c'est terrible, les pauvres, dit Nicolas narquois.

- Et voilà ! dit le psychiatre en montrant Nicolas de la main, comme si celui-ci avait exactement dit ce qu'il attendait. En plus, on les culpabilise en leur démontrant qu'elles n'ont aucune raison de se plaindre, que les femmes des favelas de Rio elles, par exemple, ont de vrais problèmes et ne s'autorisent pas le luxe de faire des dépressions de riches car elles n'en ont pas le temps. On amplifie alors le mal en y ajoutant le sentiment de culpabilité. Bref, on atteint souvent des situations catastrophiques alors que la solution première était tout simplement le travail ou du moins, l'occupation. La détresse morale de ces femmes serait pourtant assez simple à soigner.

- L'assistance resta pantoise. Claire trouva cet homme lumineux. Grâce à ses quelques phrases, tout s'éclairait. C'était comme si on avait allumé la lumière ! L'évidence lui apparaissait enfin. C'était donc là le mal qui la rongeait ! L'ennui ! Elle avait *tout* mais souffrait de ne servir à *rien*. Dès lors elle entrevit un chemin vers une guérison possible.

On pouvait dire que la famille Lefebvre vivait plus que confortablement, mais le nombre absurde de salons que comptait la villa était inversement proportionnel à son bonheur. C'était ça, elle avait besoin d'une véritable activité pour nourrir son esprit et sa vie.

Jusqu'alors, des journées entières, Claire passait d'un fauteuil à un canapé, d'une banquette à une méridienne, entourée de personnes diverses, aux âmes fades, à boire de l'eau chaude parfumée, souriant sans entrain. Aucune discussion n'allait en profondeur. On parlait beaucoup d'argent, de toutes les misères que pouvait affliger un domestique, de la qualité des hôtels nouvellement ouverts et de ce que possède un tel. On s'enquérait, des malheurs de certains, feignant l'apitoiement. Il n'était jamais question de valeurs humaines, d'engagement, de foi, de philosophie ou d'Amour. La fracture sociale était telle, que les gens riches, autochtones ou étrangers, n'avaient aucune conscience de l'existence des quatre-vingt-dix pour cent de la population marocaine. Seuls leurs employés incarnaient à leurs yeux la pauvreté. Ils ne se souciaient guère qu'ils soient parents ou mariés, malades ou veufs, leur priorité étant de faire couler de précieux breuvages dans leur gorge, en bonne compagnie. De telles œillères écœuraient Claire désormais. Le temps passe trop vite pour en perdre une miette, décrétât-elle. Désormais, j'arrête de gaspiller les instants précieux et je me prends en main ! Mais que faire ?

Dans son monde, il était malvenu de chercher un emploi. Quoi qu'il en soit, de quoi pourrait-elle bien remplir un curriculum vitae ?

III

Assise en tailleur sur la dalle de béton de la cour, Ilhame frottait vigoureusement quelques loques. Une bassine de plastique bleue, un morceau de savon et une bonde métallique au sol constituaient sa buanderie. Les mains rougies elle s'activait en imaginant satisfaite, ses petits portant des habits propres. Le gazouillis des oiseaux et la tiédeur fraiche du matin de novembre l'emplissaient de joie.

Elle songeait à son enfance, dans le petit village de montagne que l'on appelait Lalla Aziza. L'air était clair et frais, les potagers généreux, le ciel, bleu, si bleu et l'eau, pure. Dans la vallée scintillante, bercée par le clapotis de la rivière, la nature était généreuse : maïs, amandes, noix, abricots et figues. Le bétail replet, broutait à son aise l'herbe grasse au printemps.

Le matin, les femmes aux cheveux à peine couverts, en djellabas, les manches retroussées, souvent pieds nus, gravissaient et descendaient les chemins en quête de *chouk (buissons épineux)* pour une clôture ou d'eau pour la maison. Plus tard, elles se réunissaient à la rivière où elles chantaient, criaient, chahutaient, se disputaient et riaient volontiers à l'ouvrage.

Dans le vacarme de l'eau et des éclats de voix aigües, on pouvait par exemple distinguer celle de Fatima, la grande sœur blagueuse d'Ilhame. Cette petite jeune fille chétive agitait son corps sans ménagement, de sorte que en observant le groupe de loin, il était toujours facile de la distinguer. Elle aimait parodier, par exemple, les discours moralisateurs de l'imâm Saïdi. D'un ton grave, exagérant ses postures, la verve solennelle, elle l'imitait. Elle adoptait à merveille son attitude. Pour se faire, elle gonflait son ventre et le caressait dans un mouvement circulaire des mains. Le décalage entre la maigreur nerveuse de ses membres et l'attitude pansue qu'elle singeait augmentait le comique de la scène.

Khadija elle, se plaignait de sa belle-mère esclavagiste. Comme de coutume, celle-ci vivait dans le foyer du fils ainé et opprimait la bru. Elle semblait prendre plaisir à la gratifier de tapes derrière la tête, perpétuant ainsi une tradition dont elle avait été elle-même victime quelques années auparavant. La jeune fille clamait les insultes qu'elle fantasmait infliger à la vieille, imaginant même la battre à son tour.

Parfois grand-mère Fouzia, chargée de veiller sur les jeunes femmes, faussement scandalisée devant tant d'irrespect, les grondait.

- *Hchouma (ça ne se fait pas) ! blâmait-elle.*

On se taisait alors, frottant pour quelques instants en silence, puis les rires repartaient de plus belle. Fatima tapait son bâton contre une bassine et en rythme, entamait un chant.

Quelques minutes plus tard, toutes la suivaient en cœur.

Une fois le linge rincé, on l'étendait sur les buissons épineux au soleil et chacune retournait au logis par les chemins rouges escarpés du *djebel (montagne)*.

La belle Ilhame souriait doucement, rêveuse. Sur le seuil, blotti dans un rayon de soleil, Omar jouait avec une fourmi. Il lui faisait parcourir alternativement ses mains, se demandant si elle finirait par se fatiguer. Les filles comme chaque matin, étaient au collège. Les salles de classes accueillaient des groupes d'élèves par demies journées car leur nombre était restreint. Zorha et Yasmine, profitaient de l'après-midi ainsi dégagé, pour aider leur mère, faire leurs devoirs ou travailler pour quelques dirhams.

Soudain, Omar posa son regard sur une paire de chaussures, juste devant lui. Il leva la tête, plissa les yeux et reconnu le visage de son père à contrejour. Bien coiffé, vêtu d'une nouvelle chemise, il souriait. C'était de bon augure. Ilhame se mit debout, laissant tomber le linge dans la bassine. Heureuse, elle s'essuya les mains sur son tablier et vint à sa rencontre.

Ne s'attendant pas à sa visite, elle était habillée de guenilles. Son short retroussé aux cuisses et à la taille sans couleur précise, était fait d'un ancien pantalon de jogging découpé aux ciseaux. Un débardeur troué informe sur un large soutien-gorge, un chiffon dans les cheveux, noué derrière la tête, les pieds nus. Elle était d'une beauté racée. Ses pommettes étaient saillantes, son nez fin et droit et sa bouche sensuellement retroussée. La lèvre supérieure large, plate et presque rectangulaire découvrait des dents blanches et bien rangées. Ses canines qui avançaient légèrement faisaient la particularité de son visage. Elle était grande et bien plantée. Sa taille était fine, ses jambes, longues, ses épaules, solidement assises et sa poitrine, généreuse. Un physique taillé au couteau, d'une lame amoureuse. Aucune personne de son entourage n'avait jugé bon de le lui dire. Une fois ou deux seulement, des français l'en avaient complimenté. Elle n'avait jamais vraiment compris le côté admirable de la chose, car ici, personne ne veut d'une femme trop voyante.

Lorsque Hassan rentrait, son séjour pouvait être assez calme. Auquel cas, il s'installait, prenait sa place de mari et de père, communiquait un peu, mangeait, dormait, allait voir des amis au village et surtout, apportait de l'argent. Dans l'autre cas de figure, il n'avait pas ou peu d'argent, grognait, mangeait, dormait beaucoup, et cherchait n'importe quel prétexte pour maltraiter moralement et physiquement sa femme.

Elle était habituée. Les coups n'étaient pas le pire, du moment qu'ils n'étaient pas portés au visage. Elle attendait que ça passe. Elle avait trouvé une parade émotionnelle : elle chantait dans sa tête pour atténuer les chocs. Ce qui lui faisait dc la peine, c'était la tristesse et la peur qu'elle voyait dans les yeux des enfants, et le regard fielleux des voisines la meurtrissait plus encore quand elle sortait de chez elle le visage tuméfié. Elle avait honte.

Fort heureusement, elle n'avait pas à sortir souvent. Pour le pain, elle comptait sur son fils. Chaque jour, elle emballait un pâton cru dans un morceau de tissus puis le déposait dans une corbeille. Omar saisissait aussitôt le paquet et l'emportait au four. Les femmes du village prenaient soin de toujours utiliser le même chiffon, afin qu'une fois posé sur la table parmi les autres, leur pain soit facilement reconnaissable pour l'enfant qui viendrait le chercher. L'espace était sombre car seule une petite porte ouverte sur la rue y laissait entrer un faisceau de lumière. Seul le feu orangé l'éclairait lorsque le cuiseur ouvrait la porte du four. Heureusement la bonne odeur rassurante du pain encourageait Omar à pénétrer. Le vendredi, le boulanger fabriquait des croissants. Le petit garçon aurait tellement aimé en acheter un. Mais le dirham nécessaire était toujours destiné à une cause plus raisonnable.

Les filles aussi permettaient à leur mère de rester cachée. Elles ramassaient et livraient les commandes de travaux de couture en parcourant le village sur le chemin de l'école. Il y avait chaque jour, une ou deux portes prometteuses d'argent, sur lesquelles toquer.

Pour l'heure, la mine joviale de son mari la rassura. Il embrassa même son fils sur le front, puis lui fit signe de les laisser seuls d'un geste de la tête. Omar s'exécuta immédiatement. Hassan ferma la porte et tourna le verrou.

Il se dirigea tranquillement vers Ilhame, ne regardant que ses cuisses. Là, elle comprit mieux ses intentions. Elle recula de quelques pas. Un frisson parcourut sa colonne. Son corps se préparait à la tempête qui allait le parcourir. Ce n'était qu'un mauvais moment à passer.

En avançant vers elle, il renversa du pied la bassine d'eau savonneuse sans mot dire et le regard fixe, pausa ses mains sur les épaules d'Ilhame et la poussa violemment dos contre mur. Un cri de douleur lui échappa, au contact d'un morceau de ferraille rouillé qui dépassait et vînt lui entamer la hanche. Il arracha le short, la retourna, plaqua brutalement son visage contre le ciment et la prit, comme un chien. Il serrait très fort

31

ses hanches. Ses mains brutales, comme des étaux, la broyaient. Ne pouvant crier, elle se mordait les lèvres, avec tout son courage. L'haleine chaude et humide d'Hassan dans son cou et l'odeur fétide de sa transpiration la dégoûtait à présent.

Une fois apaisé, goguenard, il lui claqua la fesse, ramassa un des oripeaux détrempés qui gisait à terre, s'essuya avec et le jeta un peu plus loin. Puis, il partit s'écrouler dans les coussins de la pièce de vie, saisit la télécommande et alluma le téléviseur. Quelques instants plus tard, il ronflait. Ilhame mortifiée, sans force, se laissa choir lentement au sol. Elle ne se sentait pas plus digne que le chiffon non loin de là. Brusquement, elle sursauta.

Omar tambourina jusqu'à ce qu'elle lui ouvrit. Lorsqu'il plongea son regard dans celui de sa mère, il comprit. Il ignorait les détails techniques de la chose bien sûr, mais sentait cette féminité vaincue et désarmée au plus profond de l'âme de sa reine.

Elle, trouvait à chaque fois dans les yeux de son fils, le courage de se relever et de continuer. Pas besoin de mots.

Lui, haïssait son père. Il ne voulait plus attendre d'être assez grand pour la protéger et subvenir à ses besoins. Il s'imaginait chassant cet individu toxique à grands coups de bâtons. Ce serait le plus beau cadeau du monde.

IV

Une alouette se posa sur le bord d'un transat. Très agitée, elle semblait réprimander ses trois petits posés sur la margelle. Ils étaient déjà aussi corpulents qu'elle. Les rondouillards quémandaient ripaille. En esclave, la pauvre s'évertuait à les satisfaire, décollant puis revenant en hâte. Elle régurgitait un moustique dans un de leur bec, puis repartait aussitôt.

Claire Lefebvre barbotait, assise sur la plage immergée de la piscine. Elle observait le manège, notant la ressemblance avec leurs homologues humains qui entre dix-huit et vingt heures, vous vident un réfrigérateur de la même manière, à grandes pelletés de yaourts et de céréales. Elle connaissait bien cela, ayant elle-même un spécimen à domicile : Antoine.

Pour l'heure, dans le parc inondé de la lumière dorée du Maroc, elle paressait. Elle bronzait au soleil en feuilletant un magazine de mode, étendue dans vingt centimètres d'eau tiède, l'humeur morne. Comme tous les jours, elle attendait les garçons. Youssef allait les ramener, elle les contemplerait manger, puis repartir à l'école. Après quoi, elle attendrait encore en lisant un truc, ou en regardant un film, ou encore dormirait peut-être. À moins qu'une personne sans intérêt ne vienne l'importuner, pour lui raconter sa vie insipide, sous prétexte de boire un thé ensemble.

- Mais comment en suis-je arrivée là ? Pensa-t-elle. Comment moi, qui avais tellement de rêves, d'envies ; moi, l'anticonformiste, la créative, la passionnée, me suis-je retrouvée à errer ainsi ?

Ses amies d'enfance l'ignoraient. Un fossé infranchissable les séparait désormais. Elle avait beau les solliciter, se montrer sympathique, abordable, curieuse, c'était trop tard. Ça s'était passé sans qu'elle ne s'en aperçoive. Elle ignorait quand leur regard sur avait changé. Pourtant, inséparables, elles st'étaient construites côte à côte. C'était l'époque charnière où l'on se prend pour des grandes juste parce qu'on est *contre tout*, où l'on veut tout démolir et bâtir à la fois, où l'on croit que tout est blanc ou noir, où l'on aime à mourir puis plus du tout. Elle avait grandi à leur contact en cherchant ensemble qui elles étaient.

- De passage en France quelques fois, je tente de les retrouver à nouveau. Je m'immisce, m'adapte, discrète et attentive, prenant garde de ne pas prononcer de mots plombs comme *domestique*, *chauffeur* ou *conciergerie*. Je perçois que leurs préoccupations sont graves. Mais ne pourrait-on pas nous retrouver à nouveau, pour être simplement nous-mêmes, pas nos sacs ni nos bagnoles ?

Elle rêvait vivre leur vie quelques jours pour vibrer. Elle imaginait une maison qui lui ressemblerait, sans règlement du bon goût, sans toiles de maîtres, ni cuisine ultra design. Une maison chaleureuse et authentiquement désordonnée ; peuplée de cadres dépareillés, aux photos inesthétiques mais pleines d'émotions. Elle aurait un canapé trop mou en velours rose et un buffet chiné chez Emmaüs qu'elle aurait rénové elle-même.

Ses amies faisaient semblant parfois, poussées par la curiosité envers le phénomène que Clair représentait à leurs yeux, rêvant probablement de sa vie à grands renforts de clichés.

- Oh ! Comme je donnerais n'importe quoi pour boire tout simplement du vin bon marché entre filles et fumer des clopes en jogging.

Elle avait essayé une fois. Ses amies avaient fait semblant d'être à l'aise, mais la présence de Clair avait gâché leur intimité. Dommage, elle aurait tellement voulu *ricaner* encore. Le ricanement est un rire moqueur qui ne s'exerce qu'entre personnes complices, pour se moquer d'untel ou d'échafauder une farce, d'exorciser des peurs par le rire et en fin de soirée, on peut décider de dormir là ?

\- J'ai envie d'hurler : « Oh ! C'est moi les filles ! Claire !

Elle n'attendait pas que l'on s'apitoie sur les états d'âme d'une *pauvre nantie*, mais elle savait que le bonheur réside dans la qualité de l'entourage. Une montre ou un sac de marque n'ont jamais remplacé une amie.

Telle Cat Woman, elle avait fabriqué sa combinaison ultra moulante d'*épouse d'homme fortuné*. Elles adhèrent parfaitement l'une à l'autre.

Elle feignait d'apprécier les fréquentations de Nicolas pour lui plaire. Elle était si bonne actrice qu'elle avait presque réussi à se tromper elle-même.

Autour d'eux évoluaient des hommes de pouvoir brillants cependant, ce qui fascinait Claire par-dessus tout, c'était leur femme. Leur comportement était un sujet de sociologie à part entière. L'obsession qu'elles vouaient à leur apparence, les cantonnait dans un stéréotype précis. À quelques exceptions près, elles étaient toutes blondes et une grande partie de leur anatomie était remplacée par de la matière plastique. Sans réelle opinion sur le monde qui les entourait, leur univers se limitait à quelques ragots, leur physique, leur santé et la décoration de leur intérieur. Elles se prétendaient débordées par un quotidien rythmé de *courses* et de visites chez les coiffeurs, manucures, esthéticiennes et médecins. La plupart se prétendaient décoratrices, sous prétexte qu'elles avaient choisi leurs rideaux. Elles effleuraient tout de même à l'occasion le journal télévisé, histoire de donner le change dans les conversations sérieuses.

Claire avait beau accorder un soin particulier à son apparence, elle avait compris que créer la dépendance d'un homme pour une femme, se passait dans le cerveau. Il s'agissait de le rendre psychologiquement *accro* en s'appropriant ses besoins physiques et mentaux. Pour cela, il fallait occuper le terrain en sachant surprendre, organiser, guider, valoriser, écouter, sublimer ce qu'il faisait, ce qu'il disait et surtout, sembler inconditionnellement fan tout son être, tout en maniant avec habileté l'art de la suggestion. Bref ! Chaque matin, elle avalait douze gélules, cachets et ampoules, avait déjà fait faire les premières injections sur son visage et retirer le surplus de matière de son ventre. Elle aurait pu passer un doctorat en régimes alimentaires. Elle avait également appris à rire intelligemment, à s'émouvoir avec grâce, à avoir l'air de parler politique sans trop se mouiller et surtout à se taire.

Sa plus grande crainte était d'attendre la fatidique date de péremption et d'être gentiment remerciée comme de coutume. Contre cela, elle voulait être plus forte que les autres, laissées sur la route, parce qu'elles avaient été remplacées par la jeune, plus ferme et plus bronzée. Elle serait la plus belle, la plus vivante, la plus désirable et n'oublierait pas d'être extraordinaire chaque jour.

Le couple avait compris qu'en affaire, un phénomène typiquement marrakchi s'opérait en conviviale circonstance. Les plus gros contrats se signaient mentalement à l'instant où la proie portait son verre de Château neuf du Pape aux lèvres. Et telle un papillon coloré voletant dans un jardin, elle se contentait d'agrémenter l'atmosphère et favoriser l'aisance de Nicolas lorsqu'il place ses pions.

V

Ce matin-là il n'y avait plus grand-chose à faire dans la maison d'Ilhame. Réveillée dès l'aurore par le braiement lointain d'un âne, elle avait commencé les travaux usuels très tôt. À onze heures, lorsqu'elle regarda la pendule, elle avait déjà tapé un tapis, lavé le sol à grande eau, trié quelques grains de blé, fait le pain, recousu une chaussette et préparé le déjeuner. Elle entreprit alors de faire chauffer un peu d'eau pour la préparation d'un thé. Elle aimait le savourer tranquillement dans sa cour, sur son petit tabouret de bois, sous un rayon de soleil. Elle venait de s'installer lorsqu'on frappa à la porte. Elle déposa alors avec regrets l'objet de son plaisir et se leva pour ouvrir.

C'était la grosse Fatiha, la plus mauvaise langue du village. L'air investi d'une mission, elle venait lui rendre visite, son bébé sous le bras. Quelle méchanceté allait-elle encore bien raconter, celle-là ? pensa Ilhame. Lorsqu'elle adoptait cet air de grande importance, cela présageait des révélations croustillantes.

Ilhame détestait les visiteurs, mais il fallait avouer qu'il y avait quelques exceptions, notamment pour cette bonne femme affligée d'un gros ventre et d'une moustache qui venait chaque semaine. Elle ne l'aimait guerre, mais appréciait ses discours malveillants, car elle se sentait moins seule dans l'adversité.

En hôtesse attentionnée, elle traina un parpaing près de son tabouret, au soleil et invita sa visiteuse d'un geste, à poser son corpulent séant sur l'étroit promontoire. Un peu essoufflée par la marche au travers du douar, Fatiha s'assit volontiers et s'adossa au mur. Là, elle sortit un grand morceau de tissus d'une poche en plastique, en noua comme à son habitude, une extrémité à sa cheville et l'autre à celle de son enfant. Agée de huit ou neuf mois, l'enfant pouvait ainsi se déplacer sur le sol sans risquer d'échapper à l'attention de sa mère. Cela permettait également à celle-ci de ne pas devoir batailler pour le garder tranquille et en sécurité sur ses genoux.

Ilhame servit un verre de thé à sa voisine et sans mot dire, attendit que le moulin à paroles s'actionne de lui-même. Elle savait qu'il n'était pas utile de la pousser.

- Tu sais ce qui s'est passé hier au hammam ?
- non
- Mina et Meriem se sont battues !
- C'est vrai ? Pourquoi ?

- Et bien Meriem a accusé Mina de lui avoir volé son savon. Elle dit que ça fait plusieurs fois que ses affaires disparaissent là-bas. Alors elle a accusé Mina et elles se sont battues.

Le bébé avait attrapé un cloporte et commençait à le grignoter avec délectation sous le nez de sa mère qui, prise dans son histoire, ne semblait guère y prêter attention.

- Mina n'a pas du tout apprécié qu'on la traite de voleuse. Tu la connais ! Fière comme elle est !
- Oui. Et honnête, surtout.
- Tu aurais entendu comme elles criaient…

Elle fut coupée par une sorte de plainte qui venait de l'extérieur. Comme un râle lent qui provenait des entrailles d'un mort. C'était le typique cri du chiffonnier.

Le vieil homme édenté parcourait le village une fois par mois, en poussant son *carossa* à travers rues, pour récolter ou vendre des chiffons.

- Tu ne lui ouvres pas ? demanda Fatiha.

- Non, je n'ai rien à lui vendre et encore moins à lui acheter.

- Ah bon ? Moi je lui ai acheté de jolis morceaux bleus, la dernière fois et j'en ai fait un *boucharouette* pour ma belle-sœur qui vient d'avoir un garçon. C'était très beau.

Ilhame ne répondit d'abord rien. Elle aurait rêvé avoir les moyens de posséder un métier à tisser, elle aussi. De plus, elle savait maîtriser l'art du tissage comme personne. Mais plutôt mourir que d'avouer sa peine à cette mégère.

- Tu as bien fait. Bleu, c'est original pour un garçon.

VI

Quelques années plus tôt, bien loin des considérations dorées, Claire naissait dans une petite bourgade française nommée Saint Amant : un univers sous cloche, dans lequel les habitants, n'ayant d'autres références qu'eux- mêmes, croyaient que rien n'existait au dehors.

Les commerces de sa famille connaissaient un essor local depuis plusieurs générations. On lui apprit qu'elle faisait partie d'un petit groupe privilégié appelé *notables*, qu'au sein de leur ville, elle et les siens étaient des personnalités de rang supérieur et que les autres se devaient de les prendre en considération, cela grâce à leurs parents et grands parents qui, aussi loin que l'on se souvienne, avaient eu un ascendant particulier et une influence prépondérante sur leurs contemporains. En tant que chefs reconnus, ils méritaient un respect et une admiration naturels. On lui inculqua également l'illusion que l'on est ce que l'on possède. En tant que personnes de bonne famille, un comportement était à observer. Par exemple, il était très mal venu de chercher à se lier d'amitié avec un individu de classe sociale inférieure. Elle se devait ainsi de fréquenter l'une des deux écoles catholiques de la ville. Aussi, pour les filles, il y avait l'école de danse *Ball*, pour les garçons, le club de tennis *chez Boc*. Les matchs de rugby rythmaient les saisons. L'unique bar homologué par la jeunesse de bonne société était le Richelieu.

Pourtant, dans ce décor de carton dont la colle était le snobisme, brillait la lumière des sentiments humains, bons ou mauvais.

À seize ans elle tombait éperdument amoureuse. Sous les platanes poussiéreux de la cour du lycée, discrètement camouflée dans un troupeau d'amies, elle observait Nicolas. La seule occupation intéressante à ses yeux consistait à le chercher du regard dans la cour, pendant la récréation. Son image la captivait. Lui, de deux ans son aîné, ignorait littéralement mon existence. Lorsqu'il apparaissait, son cœur candide se dilatait dans sa poitrine. Lui ne s'intéressait qu'aux femmes, aux vraies, c'est pourquoi elle restait dans l'ombre, trop fière pour subir l'affront d'un rejet.

Nicolas Lefebvre incarnait le stéréotype de l'homme idéal : grand, les épaules larges, populaire, sportif. Il se montrait juste assez moqueur envers les plus faibles, pour que sa touche de cruauté suscite la fascination d'une innocente.

Après avoir obtenu le baccalauréat, Claire poursuivit des études de stylisme à Paris. De retour pour les vacances, elle sortait en bande de filles. Le protocole était rodé. Le rendez-vous était fixé chez Lucile, la copine rebelle qui avait décidé de ne pas faire d'études pour être vendeuse de fringues dans une boutique et gagner *son* argent. Vers dix-sept heures, le samedi, on jetait sur le canapé des sacs remplis d'atours soigneusement sélectionnés pour être parfaites. Elles ouvraient quelques bouteilles apportées par Marion, dont le père était viticulteur, tout en se préparant à sortir. La tenue vestimentaire de rigueur devait être légèrement sexy mais surtout pas vulgaire : sac à main de marque, perles fines aux oreilles, ballerines à talon bobines, jeans Levi's 501, pull bleu marine col V sur chemisier blanc sagement ouvert. Dessous, il était de bon ton de porter un mignon soutien-gorge en broderie anglaise d'un blanc immaculé pour incarner potentiellement une sensualité cachée et ainsi, susciter un fantasme *propre*. Dans la salle de bain de Lucile, en ajustant son col, elle sondait le miroir et entendait les mots de sa grand-mère : *il y a les filles qu'on emmène au lit et celles qu'on emmène à l'église*. Elle avait commencé à lui marteler cette phrase dès l'enfance, estimant que c'était la base d'une bonne éducation. Claire rêvait d'être emmenée à l'église par un garçon beau et élégant, dont le futur métier figurerait sur la liste décrétée par sa mère: avocat d'affaire, architecte, médecin, notaire… pas d'huissier, Papa les déteste !

Et la scène tant fantasmée se produisit un soir, un peu avant ses vingt ans, dans l'ambiance bruyante et enfumée du Richelieu. La musique était forte. Main droite, une cigarette, main gauche, un verre de bière mexicaine avec un citron. Elle était grise et faisait mine de s'amuser follement tout en scannant la salle discrètement au rayon laser, lorsque le Disc-jockey passa une chanson dont elle était très fière de connaître les paroles en anglais par cœur. Pour exhiber son savoir et sa joie de vivre, elle mimait des lèvres les paroles, les yeux fermés et les bras levés, en signe d'exaltation.

C'est alors que qu'elle aperçut ses yeux qui la fixaient à l'autre bout du zinc. Il lui fit signe. Elle le gratifia en retour de son plus beau sourire. Dingue ! Il l'avait remarquée. Enfin ! Merci mon Dieu ! Le poisson était ferré, il ne restait plus qu'à mouliner délicatement, sans en avoir l'air. Sans tourner la tête pour le voir, car elle savait qu'il était en train de se frayer un chemin au travers de la foule dans sa direction. Son cœur allait sortir de sa poitrine, quand tout à coup on lui saisit la main. Son visage apparut là, en face d'elle, si proche qu'elle sentait la chaleur de son corps. La cohue dansante les bousculait, les obligeant à se serrer l'un contre l'autre un peu plus. Comme dans un rêve, sa perception ralentissait. Plus de musique. Silence dans sa tête. Ses dents ! Elles étaient magnifiques ! Elle devait lever la tête pour lui parler. Elle adorait sa mâchoire carrée et son torse (elle imagina passer la main dessus lentement, puis le griffer). Il portait un parfum classique et épicé, qui lui donnait un style à la fois rangé et canaille, derrière lequel elle distingua un une odeur d'adoucissant pour linge mêlé d'émanations charnelles animales. Quelques heures et quelques verres plus tard, il lui proposait de la déposer chez ses parents. Toutefois, sur le chemin, il donna un coup de frein à main.

Sur le champ, elle désapprit probablement tous les principes répétés par sa grand-mère et atterrit dès le premier soir dans les draps blancs d'une chambre d'hôtel.

Ils durent donner un tel exemple de bonheur cette nuit-là, que les chasseurs de l'hôtel souriaient sur leur passage au petit matin.

Depuis ce jour, leurs corps ne se lassèrent jamais l'un de l'autre.

Les parents de Nicolas possédaient une gentilhommière au toit mansardé, dont le jardin à la française lui évoquait des rêves de princesses. Un dimanche, alors qu'ils déjeunaient dans la cour, autour d'une table champêtre nappée de blanc, on apprit que leurs pères étaient ensemble en classe. Décidemment, tout rentrait dans les cases. Elle songea alors à la robe blanche dont elle avait découpé la photo dans un magazine. Les familles se mirent d'accords. L'été suivant, ils seraient mariés.

VII

Fatima avait six ans lorsqu'une nuit, on entendit les pleurs d'un bébé résonner dans la petite maison de la montagne. Sa mère Nanna, venait de donner naissance à un sixième bébé, une petite fille que l'on nomma Ilhame. La sage-femme assise aux côtés de la mère épuisée, regardait calmement l'enfant passer de bras en bras. Elle était fort jolie. Le père et ses enfants s'extasiaient devant les mèches dorées de la nouvelle sœur. Ses joues avaient la couleur des pétales de rose et sa bouche ressemblait à une *fraise*. Fatima eu l'occasion de câliner le nourrisson durant une semaine. Un jour pourtant, les pleurs cessèrent. Les parents avaient pris la décision de vendre Ilhame à Ijja, la sœur de Nanna. Car ils avaient trop de bouches à nourrir et la tante, avait besoin d'une fille pour l'aider à la maison et assurer ses vieux jours. Les parents de Fatima, utilisèrent l'argent pour acquérir une vache de plus. L'affaire était avantageuse pour tous.

Les parents adoptifs d'Ilhame étaient agriculteurs. Abba le père, travaillait la terre avec l'aide de ses deux fils, Moha et

Sliman, âgés de quatorze et quinze ans. Ceux-ci n'étaient que peu allés à l'école. À quoi sert de savoir lire et écrire si l'on n'a pas de quoi manger ? disait Abba. Ils sont bien mieux au travail, qu'à regarder les mouches voler dans une salle de classe. Du moment qu'ils savaient compter l'argent pour acheter et vendre, c'est bien assez, disait-il. Ensemble, ils faisaient pousser du blé, de la luzerne et prenaient soin d'un grand potager.

Ijja vendait sa production de tapis ainsi que la récolte hebdomadaire tous les samedis, au *souk* de Chichaoua. Chaque semaine, elle embarquait à bord du *camion taxi* et descendait de sa montagne. C'était un vieux camion benne rouge et bleu, normalement affecté aux travaux, dont on détournait l'usage une fois par semaine. Il effectuait ainsi le ramassage de quatre villages. Pendant plus de deux heures, une route chaotique secouait les passagers agglutinés à l'arrière. D'apparence irrationnelle, le chargement était en réalité très bien ordonné. Sur le dessus de la cabine, se trouvaient les éléments les plus fragiles. On disposait à l'arrière les objets incassables tels que les tapis emballés ou les caisses en bois, que l'on pouvait piétiner sans encombre. Enfin, venaient les bêtes. Les plus âgés ou les femmes enceintes avaient le privilège de la banquette en cabine, les autres se tenaient debout dans la benne. Avant l'aube, on chargeait les marchandises à Lalla Aziza, le premier village sur la route de la ville. Puis venaient Tadart, Aït Moussa et enfin Tabia.

Certains, se rendaient chez le médecin ou le coiffeur, d'autres avaient pris rendez-vous pour parler affaires avec quelques cousins venant d'autres flancs de la vallée. Tous en profitaient pour acheter ce qui manquait dans leurs douars, comme de l'épicerie, des objets manufacturés du quotidien ou encore des vêtements.

Ilhame accompagnait souvent sa mère. Elle adorait l'affluence, le désordre et le bruit. Elle prenant plaisir à se faufiler entre les corps, découvrir de nouveaux visages, écouter les musiciens ou discerner les nouveautés. Elle adorait ces nouveaux objets en plastique qui envahissaient de plus en plus le marché. Ils étaient pratiques, légers, de prix raisonnables et joliment bariolés. Rien à voir avec le métal triste et froid d'avant. Ijja appréciait l'aide précieuse que sa fille lui apportait. Elle savait utiliser la balance romaine et rendre la monnaie.

Par un samedi ensoleillé de printemps, Abba accompagna exceptionnellement Ijja et Ilhame à Chichaoua. La jeune fille allait avoir quinze ans. Lorsque le soleil fut assez haut dans le ciel du matin, un homme barbu d'âge mûr s'approcha de leur étal pour lui parler. L'homme lui proposa de boire un thé en sa compagnie pour discuter, ce qui ne surprit pas Abba, car il avait remarqué son regard insistant depuis leur arrivée au petit jour. Les deux femmes, intriguées, se doutaient qu'il n'était probablement pas question de légumes ni de céréales, mais elles ne se permirent pas de poser la moindre question. Tout en travaillant, elles ne cessaient de regarder dans leur direction pour essayer de lire sur les lèvres ou d'interpréter leurs attitudes.

Depuis quelques mois, on construisait une nouvelle mosquée juste en face de leur étal. L'homme était menuisier sculpteur. On l'avait missionné pour sculpter les portes de cèdre. Il œuvrait avec l'aide de son fils Hassan comme apprenti. En observant les marchandes, ils avaient pu évaluer leurs bonnes manières et surtout l'opulence des recettes hebdomadaires. De plus, le sourire immaculé d'Ilhame, ne laissait pas le jeune artisan indifférent. Ses cheveux avaient foncé avec l'âge. Ramassés en chignon bas, ils lui conféraient un joli maintien et une certaine noblesse à son port de tête. Le fait que les hommes sur son passage, n'aient pas une attitude déplacée envers elle, bien qu'elle fut la seule à ne pas cacher ses cheveux, était probablement dû à la sobriété de son allure et de son aura qui inspirait naturellement le respect. C'était chose rare.

Après une bonne heure de palabres de convenances, les deux pères en vinrent enfin au sujet qui les réunissait :

- C'est ta fille qui vend les légumes ?
- Oui.
- Elle intéresse mon fils.
- Abba ne répondit rien. Fier et fin stratège, il voulait le laisser venir.
- Je suis un *mahalem (maître artisan)* de renom, dît-il. De père en fils, nous avons posé nos mains sur les monuments les plus prestigieux du royaume. Nous avons plusieurs biens en location dont Hassan héritera, si Dieu veut.
- Toujours pas de réponse. L'homme un peu agacé par le comportement de son interlocuteur poursuivit quand même :
- Tu devrais être flatté. Tu n'es qu'un paysan après tout !
- Je t'entends bien mon frère, mais Ilhame est bien utile à la ferme et au marché. C'est notre unique fille. Elle nous manquera beaucoup si elle nous quitte. Laisse-moi un temps de réflexion.
- Réfléchis bien. Sache que je suis prêt à ne pas demander de dot. L'unique demande que j'aurais à te faire ne concerne pas l'argent.
- Qu'est-ce que tu veux dire ?

\- Je veux dire que dans notre famille, les femmes portent le voile. Si l'on envisageait une union, il serait hors de question de laisser ses cheveux, ni même son visage en vue. Personnellement, je n'y accorde aucune importance, mais nous sommes très respectés des religieux, c'est eux qui me donnent du travail.

\- Nous en reparlerons la semaine prochaine, si Dieu veut.

\- Les deux hommes se serrèrent la main.

Le mercredi suivant, dans la montagne, la pluie avait cessé. C'était l'hiver en fin d'après-midi. Dans la petite étable sous la maisonnette, l'odeur de la terre mouillée se mêlait à celles du lait et de la bouse de vache. Le plafond y était si bas que l'on ne pouvait se tenir complètement debout. À la lueur d'une ampoule, la mère et la fille s'affairaient à préparer le *lben (lait caillé)*. Après avoir versé un peu d'eau dans le lait fermenté, Ijja collectait les grains de beurre à la surface du petit lait et les déposait dans un plat. Ensuite, Ilhame prenait la relève. Assise en tailleur sur un coussin à même le sol, elle mettait toute son énergie à secouer une outre, pleine du liquide ainsi obtenu. Cela, pendant plus d'une demie heure. C'était ainsi qu'elles préparaient le fameux yaourt à boire délicieusement acide, qu'elles vendaient aux habitants du village pour accompagner le couscous du vendredi. Près d'elles, dans l'ombre, sagement, une vache les observait accomplir leur tâche hebdomadaire.

55

C'était d'ordinaire le moment des confidences. Depuis qu'elle était fillette, Ilhame attendait toujours le mercredi pour s'adresser sérieusement à sa mère. Il était inconvenant de dévoiler ses sentiments, ses craintes ou de soulever les questions intimes. Bien que cette habitude soit cause de nombreux drames familiaux, on craignait tellement de manquer de respect à ses parents, qu'on préférait ne pas communiquer du tout, cultivant les incompréhensions, les malentendus et les blocages. Toutefois, les deux femmes étaient tellement complices, qu'à l'abri des regards et des oreilles indiscrètes, elles s'octroyaient dans la pénombre, un espace-temps privilégié pour rompre la coutume et parler de tout. Ilhame adorait ces instants de partage.

- *Benti (ma fille)*, la prochaine fois que nous descendrons au marché, tu porteras un foulard. Les gens en ville disent que ta tenue n'est pas convenable. Ici, c'est pas pareil, tout le monde se connaît, on sait très bien que nous sommes des gens comme il faut. Mais en bas, tu choques. Tu as l'âge de te marier, nous devons donner une image pieuse de la famille.

- Mais j'aime mes cheveux *Mami !*

- Justement ! L'orgueil est un sentiment vaniteux. C'est *hchouma* ! Ta chevelure ne sera désormais montrée qu'à moi et à ton mari. Plus tard, si Dieu veut, à tes enfants. Sache que la beauté se garde précieusement comme un trésor.

Il était vrai que les parents s'étaient montrés très permissifs par rapport aux coutumes en vigueur. Le foulard était culturellement porté dès la puberté. Ilhame l'avait remarqué, à Chichaoua, rares étaient les filles aux cheveux découverts. Elle comprit qu'être élevée au rang de joyau impliquait malheureusement une restriction de liberté. Elle acceptât sans révolte, accordant une entière confiance à la sagesse de sa mère.

Toutefois, le mot prononcé par sa mère, revenait sans cesse: *Rajlek* (ton mari)

- Mais je ne veux pas de mari moi ! Pensait-elle. Je ne veux jamais vous quitter *Mami*.

- Pourtant tu le devras *Benti*. Ton père est en discussion avec le père d'un jeune homme de bonne famille. Si Dieu veut, tu le rencontreras bientôt. Pour l'instant n'y pense pas. Fais ton travail avec moi et prie pour que Dieu nous aide.

Elle se sentait incapable de vivre loin de ses parents, de ses frères et de son village. Comment ferais-je pour m'endormir sans les caresses d'Ijja ? Je mourrai surement de chagrin !

- Tu sais *Benti (ma fille)*, moi aussi je ne voulais pas me marier. Regarde comme je suis heureuse de vous avoir aujourd'hui et comme je suis bien tombée avec *Babak (papa)*.

Le samedi suivant, les pères tombèrent d'accord. Le mariage aurait lieu dans un mois. D'ici là, les promis seraient présentés une seule fois, sous l'œil vigilant d'un chaperon. Ilhame accepta assez rapidement l'idée.

On organisa l'entrevue dans la maison des sœurs franciscaines de Lalla Aziza. C'était la plus haute du village. Elle dominait la vallée. Dans une grande salle verte et blanche baignée de lumière, le jeune homme patientait. On l'avait installé sur la banquette, devant un plateau de thé et de petits gâteaux secs, au côté de Sœur Huguette. Un petit groupe de franciscaines vivait au village depuis des années, en parfaite harmonie avec les habitants. La religieuse avait été spécialement sollicitée car ses bonnes mœurs et sa dévotion notoires faisaient d'elle la personne systématiquement désignée pour ce genre de mission. Par soucis de simplicité, Huguette ne portait pas l'habit religieux, mais une jupe de laine grise au mollet, un chemisier blanc et un gilet bleu marine. Des chaussures de marches et un gros collant. Sur sa tête, un serre-tête en écaille et des lunettes de métal argenté. Ses cheveux blancs étaient coupés au carré sous l'oreille.

Hassan, n'ayant jamais entendu parler de cette cohabitation singulière entre les deux communautés, trouva bien étrange d'être obligé de rester seul en compagnie de cette femme aux cheveux découverts, aussi âgée qu'elle fut.

Quand Ilhame fit enfin son entrée, le jeune homme baissa le nez en direction de ses genoux. Elle vînt s'asseoir calmement de l'autre côté de la vielle dame qu'elle connaissait bien. Les futurs mariés n'échangèrent pas un mot. Par politesse, ils burent une gorgée de thé, avalèrent un *krichlate (*petit biscuit sec que l'on fabrique à l'occasion de Hachoura.*), sans même lever les yeux. Lorsque on lui donna la permission de se retirer, Ilhame ne put s'empêcher, en se retournant pour fermer la porte, de regarder le garçon timide, qui fixait le sol. Elle le trouva plutôt beau. Sans avoir le temps de le détailler, elle apprécia son allure.

Le mariage fut célébré à la manière berbère, pendant trois jours. Dociles, les jeunes gens exécutèrent étape par étape, tout ce qu'on leur indiqua. Au soir du deuxième jour, alors que le vacarme de la fête redoublait d'intensité au dehors, dans l'obscurité d'une chambre, ils se retrouvèrent côte à côte, allongés sur un lit. Ils étaient d'une telle timidité que leurs regards ne s'étaient pas encore croisés. Après d'interminables minutes de réflexion, Hassan se tourna enfin pour faire face à son épouse et déposa délicatement la main sur son sein droit. Elle tremblait. Puis les doigts descendirent doucement le long de son corps. Au niveau de la hanche ils saisirent la robe de nuit en coton pour dégager les jambes. Maladroit, il se glissa en elle avec difficulté. Silencieuse, malgré la douleur, elle ne put s'empêcher de soulever sa nuque pour loger son nez dans le cou luisant d'Hassan et d'en respirer le parfum animal. Elle garda cependant les bras raides le long du corps, les poings serrés. Elle n'osa saisir le jeune homme entre ses mains car cela reviendrait à se l'approprier. Elle ne se sentait pas le droit de le faire encore. L'expérience lui plut assez. Par plaisir, ils recommencèrent dès le lendemain.

Au matin du quatrième jour, elle ouvrit les yeux. Elle était seule dans la chambre blanche inondée de lumière. Une fois levée, elle regarda par la petite fenêtre. Le calme était revenu. Les invités étaient partis. Elle s'étira et dirigea son regard vers une masse qu'elle avait perçue dans le flou de son angle de vue. Elle sursauta en découvrant sur la couverture handira (*couverture berbère de laine blanche ornée de sequins offerte à l'occasion des mariages*), comme déposé par magie à son attention, une tenue noire. Un niqab.

VIII

Alors que dans le jardin, les quarante degrés ambiants imposaient le silence aux oiseaux, assise dans un fauteuil en rotin, au bord de la piscine, Claire surveillait Théodore qui s'évertuait à réaliser des prouesses aquatiques.

- Maman ! Regarde ! Maman !

La mère, sans conviction, feignait de s'intéresser au spectacle de l'enfant, qui tentait d'exécuter maladroitement roulades, poiriers et autres cascades. Il sollicitait sans cesse son admiration : à peine sortie de l'eau, il prenait sa respiration et plongeait à nouveau.

- Regarde Maman ! T'as vu ce que j'ai fait ?
- Oui mon cœur. Bravo.

Pensive, elle analysait le cheminement qui l'avait menée à abandonner ses rêves au profit de cette existence superficielle et vaine. Pourquoi avait-elle enterré ses projets de stylisme ? Avait-elle manqué de courage, de conviction ? N'aurait-elle pas dû se battre pour faire son trou, au lieu d'écouter les conseils des gens sans foi ?

Était-elle trop amoureuse à l'époque pour faire preuve de discernement ? Comment la passion avait-elle pu l'habiter puis l'abandonner aussitôt ? En ce temps, les étoffes incarnaient tout un univers de sensualité et d'esthétisme sans borne.

Sa grand-mère lui avait transmis ce goût pour l'embellissement du corps féminin lorsqu'elle était enfant. La chanson des phonèmes qui composaient les noms de Balenciaga, Balmain ou Givenchy caressait ses oreilles. Elle révérait cette dame.

À la mort de son mari, acculée par les dettes, cette femme d'intérieur était devenue commerçante de son propre chef. Elle avait su convaincre ses créanciers de repousser leurs échéances, mais aussi de lui prêter de quoi financer l'installation d'un magasin de tissus. Plutôt grande pour sa génération elle arborait un chignon banane parfait, un tailleur-pantalon à la Coco Chanel et un collier de perles. Ses mains fines, aux ongles parfaits, saisissaient les objets avec précision et élégance. Son regard intelligent, d'un bleu profond, vous rentrait dans l'âme. Pour le style, disait-elle, si tu as un doute, cherche toujours le classique. Dis-toi que dans *classique*, il y a *class*. Si tu cherches à être sexy, ce n'est pas en montrant tes fesses que tu y parviendras. Le sex-appeal se trouve dans l'âme. C'est le timbre de ta voix, la manière de te mouvoir, ton regard qui le transmettent.

Deux principes fondamentaux (qu'elle ne cessait de répéter à Claire) régissaient sa vie. Le premier concernait la nécessité de veiller à être financièrement autonome. Le deuxième consistait à cultiver une apparence irréprochable et féminine. Jamais une négligence ne saurait être tolérée. Du réveil au coucher, une femme se doit d'être parfaite, disait-elle. Le matin, tu dois te lever la première afin d'être passée par la salle de bain, avant que ton homme n'ait ouvert l'œil, quitte à te recoucher par la suite à ses côtés. Sentir bon, avoir le visage frais et les cheveux coiffés est un minimum. Tu ne dois jamais te laisser prendre en flagrants délits de *laisser aller*. La beauté est un trésor. C'est un cadeau de Dieu, dont on doit se montrer digne ! C'est l'outil féminin du pouvoir, ma chérie. L'homme est par essence faible. Ses hormones pensent pour lui. Saches-le et tu comprendras comment tourne le monde.

Sacrée gageure que de grandir à l'ombre d'un tel arbre ! Claire avait bien suivi le conseil sur l'apparence. En ce qui concerne l'autonomie, on repasserait.

Le magasin, immense dans ses yeux de petite fille (ce n'est qu'adulte que Claire s'aperçut très déçue, de sa taille tout à fait normale), incarnait le temple de la féminité. Les femmes les plus élégantes s'y rendaient pour quémander les conseils avisés de cette savante qui avait choisi sa vie en 1950.

Les mercredis après-midi elle jouait à se faufiler entre les pieds de meubles, à trier des épingles à têtes colorées ou à ouvrir des boites métalliques merveilleuses remplies d'objets de couture anciens.

La devanture était en bois laqué gris perle. Des étagères immenses, barrées d'échelles coulissantes, habillaient les trois murs. La caisse enregistreuse National, perchée sur un promontoire, trônait fièrement devant l'entrée, comme pour saluer les clientes. Le sol, formé de grandes dalles de granito noir brillant, donnait un côté chic à l'espace. Un lustre des années trente, en pâte de verre rose pâle, dispensait une lumière chaude les soirs d'hivers. Sur la gauche, une banque de drapier de style Louis Philippe en noyer faisait la fierté de sa grand-mère car son plateau de quatre mètres était d'une seule pièce de bois. Une fois par an, le meuble était ciré, puis frotté vigoureusement. On ne devait en aucun cas laisser de trace sur les textiles. Claire adorait s'asseoir entre ses deux plateaux. Le parfum d'encaustique lui emplissait les narines et le cœur. Elle restait cachée là des heures. Devant ses yeux, tombaient flanelles et astrakans, shantoungs et popelines, dentelles et failles comme autant de rideaux de théâtre dont elle seule était la vedette. Elle aimait passer sa joue délicatement contre les étoffes douces, en fermant les yeux. En grandissant, d'innombrables silhouettes lui vinrent à l'esprit. Plus elle grandissait, plus ces formes se précisaient dans sa tête. C'est donc tout naturellement qu'elle étudia le stylisme à Paris.

Elle se voyait cheminant sur la voie triomphale des grands couturiers, mais dût finalement se montrer douloureusement lucide. Elle était une élève assez moyenne et le secteur de la confection prétendument saturé, révéla un abîme entre ses projets initiaux de grandeur et la piètre réalité. Comme ses fantasmes de glamour s'étiolèrent pour laisser place à une plus réaliste carrière dans une usine de robes T-shirt pour grandes surfaces, peu après son mariage, elle obtint un diplôme sans gloire et préféra fabriquer un bébé dans les mois qui suivirent.

Elle se nourrit dès lors de projets familiaux et vécut tranquillement aux côtés de son nouveau mari puis de ses enfants. Comme Nicolas avait de grands projets, elle n'eut qu'à se laisser porter. Elle eut Antoine, puis Théodore et ils quittèrent la France pour vivre au Maroc dans un véritable palais, sa prison.

Elle s'ennuyait tellement ! Ce sentiment d'étouffement l'envahissait crescendo. À cela s'ajoutait la sensation de culpabilité. Quand on a un minimum de conscience, il est difficile d'assumer de se plaindre, baigné dans un tel luxe.

Nicolas lui renvoyait une image sotte d'elle-même. Ça l'agaçait ! Il prétendait admirer ses qualités maternelles. Rien ne l'énervait plus que lorsqu'il l'enveloppait de son regard attendri, tel un nuage rose et fade. Ça lui donnait la nausée. Soudain, elle s'imaginait se transformer en monstre rugissant et lui hurler au visage :

- Je ne suis pas un angeeeee !!! Notre vie est un théâtre. Je veux qu'elle me ressemble. Je veux de l'imprévu, de la fantaisie, des couleurs. Je veux du kitch, de l'humour, de l'humain, des défauts, du baroque. Ras le bol des codes, des usages et du bon goût ! Merdeeee !

Le problème étant désormais identifié et presque assumé. Il ne lui restait plus qu'à trouver un projet. Elle décida de traquer l'idée qui lui permettrait d'exprimer sa créativité, tout en restant relativement disponible. Et si, en plus, elle pouvait être utile à son *prochain*… Ici, *les prochains* dans le besoin, ça ne manquait pas.

Marrakech était une ville extraordinaire. Dans ce carrefour culturel du pays foisonnaient créativité, savoir-faire et talents. Les méthodes ancestrales n'étaient pas oubliées. Il fallait absolument en profiter.

Elle sentait que l'alliance du trait français et de la main marocaine, ferait des merveilles. Pourquoi ne pas créer un produit capable de plaire aux européens ? Avec son carnet d'adresses ça ne devrait pas être bien difficile de faire parler de ses réalisations.

Mais quelles réalisations ? Quelle spécialité choisir ? Terre cuite, tadelakt, dinanderie, cuirs, mosaïque, tapis, broderie… Tapis ! Elle adorait les tapis ! Elle pourrait dessiner des motifs contemporains que l'on tisserait à la manière ancienne. Ce serait un objet qui relierait passé et présent, intemporalité et tendance. L'idée, le symbole lui plaisaient.

Elle était déterminée. Avec de la patience, de la méthode et de l'idée, elle pensait pouvoir développer quelque chose qui tienne la route. Il fallait absolument tenter l'expérience. Le concept de devenir Claire Lefebvre au lieu de « Claire, la femme de Nicolas Lefebvre » la laissait rêveuse. De plus ça sonnait bien. C'était crédible comme nom de créatrice et assez esthétique pour un logo. Les idées affluaient en masse. Quelles étaient les tendances déjà ? Devrait-elle suivre la mode ? Quel esprit donner à l'objet ? Quelle serait sa cible ? S'adresserait-t-elle à une clientèle européenne ou locale ? Il lui faudrait un site, une charte graphique… Comment se fournir en laine et surtout, surtout, où trouver une tisseuse ?

Ne sachant par où commencer, il s'agissait de comprendre comment on fabriquait un tapis. À qui s'adresser pour savoir cela ? Surtout pas à Nicolas, il se moquerait d'elle et lui conseillerait encore de son sourire bienveillant, de retourner à ses prérogatives premières : faire des gâteaux et câliner les enfants.

C'est alors que les bruits de vaisselle de la cuisine sortirent Claire de ses pensées. C'était l'heure à laquelle Naema s'affairait à préparer le déjeuner des enfants. Claire sortit de l'eau et pieds nus, ruisselante, en maillot de bain et paréo, elle pénétra l'immense couloir sombre qui menait à la cuisine, laissant des gouttes d'eau sur le sol de marbre.

Les garçons, étaient revenus du collège. Dans le salon, assis sur une table, Théodore relatait sa matinée à son frère. Antoine protecteur, comme à son habitude, écoutait son petit frère avec intérêt et lui dispenser d'avisés conseils.

- … et il ne veut pas me croire que le foot c'est pour les fillettes.

- T'as qu'à lui dire qu'il devrait venir à l'entrainement de rugby mercredi s'il n'a pas trop peur. Il ne fera pas le malin, je te le dis moi.

- Ouais, tu parles ! Il aurait trop peur ! Même que je lui ai dit que t'es hyper fort. Du coup il m'a jamais volé mon goûter, à moi.

- Il vole les goûters ce nain ? Il te l'a déjà fait à toi ?

- À moi non, mais il prend tous les jours celui d'Ismaël.

- Hé ! Si un jour quelqu'un te fait ça, tu me le dis d'accord ?

Claire attendrie avait ralenti le pas, pour les observer en retrait, silencieuse. Mais les bruits de cuisine la ramenèrent à son idée première. Sa bonne était la personne parfaitement indiquée pour lui venir en aide. Elle seule savait ouvrir la porte qui reliait les deux mondes : celui de Claire et celui des artisans, des mains qui savent.

Elle poussa la porte battante de la cuisine. Elle s'approcha de Naema, lui posa la main dans le dos et se pencha au-dessus de la cocotte fumante. Elle huma le parfum délicat de la cuisine amoureusement mitonnée.

- Courgettes farcies Madame. Nassim me les a déposées ce matin très tôt dans un panier, sur la fenêtre. Elles sont belles, non ? Tu sais, en ce moment, avec la chaleur, il travaille la nuit dans le potager. Là, il va dormir jusqu'à ce soir.
- Il a bien raison.
- Je pensais vous les servir avec un riz Basmati. Ça te va ?
- Bonne idée. Les enfants adorent ça. Merci.

La cuisinière maîtrisait parfaitement les règles de la cuisine française. Elle avait un talent d'observatrice et un instinct incomparable. Dès la première démonstration, la recette était intégrée et l'élève dépassait aussitôt le maître. Par contre inutile de lui donner un livre de cuisine, car sa mémoire était visuelle.

Satisfaite à la vue de la cocotte, Claire se servit un café dans un mug, se retourna et s'assit sur le plan de travail.

- Naema, tu connais une femme qui tisse des tapis ?

- Des tapis ? Oui Madame. Ma sœur. Elle habite à Souira. Pourquoi Madame, tu veux des tapis ?
- Oui, mais Souira c'est trop loin. Je cherche proche.
- Alors, il y en a beaucoup ici à Marrakech dans la médina.
- Non, mais je veux faire fabriquer les tapis ici, dans la Palmeraie ou pas très loin de la maison si possible. Mais tu vois, il faudrait que ce soit des tapis sur mesure. Tu comprends ? Je ferais des dessins, et une dame tisserait pour moi.
- Alors vas voir derrière les belles villas. Juste là, pas loin, il y a un village. Ça s'appelle Septe. Là-bas, c'est sûr, tu trouves des femmes qui tissent. Au Maroc, toutes les femmes berbères savent le faire. Après il y a des plus ou moins douées. Si tu veux, je peux demander à la bonne des voisins, elle est de ce village.
- Non, ce n'est pas la peine Naema. Je vais me débrouiller discrètement. Pas la peine d'en informer tout le quartier. Tu dis derrière, juste là ? Les baraques moches ? Si je m'y rends seule, je peux demander tu crois ? On va me répondre ?
- Oui Madame. Si tu veux, je t'accompagne ce soir après le travail.
- C'est gentil Naema. Je vais me débrouiller. Merci.
- Madame, qu'est-ce que tu veux manger ce soir ?

- Je ne sais pas. Des frites pour les enfants. Et des keftas. Pour nous, ce que tu veux, mais *diet* !

La boule au ventre, la gorge un peu serrée, Claire avançait en direction des maisonnettes. Accrochées au volant, ses mains étaient moites. Le paysage doré de la Palmeraie en fin d'après-midi, défilait lentement autour d'elle. Un immense nuage de poussière suivait la voiture, bien que le chemin chaotique empêchait la vitesse. Nous étions en plein Ramadan, au mois de septembre, l'époque des dattes. C'était l'heure du *ftour,* la rupture du jeûne. Quelques groupes d'hommes ça et là, assis à l'ombre de bouquets de palmiers, partageaient un repas, accroupis. Claire distinguait des bols de soupe et des œufs durs. Elle voyait les hommes partager le pain. Les sourires illuminaient les visages tannés par le soleil.

Bien que vivant à quelques centaines de mètres d'eux, elle n'avait jamais approché *ces gens* de près. À vrai dire ils l'impressionnaient. Jusqu'alors, en allant et venant sur les petites routes qui lacéraient la Palmeraie, elle croisait ces silhouettes désincarnées. Pour elle, c'était juste ça. Surtout celles de femmes. Elles n'étaient alors que des silhouettes *déambulantes*, emballées de toiles poussiéreuses. Elle appréhendait de s'immiscer au cœur d'un village, intruse dans le quotidien de ses habitants. Admettre que ces ectoplasmes avaient une vie, une existence, s'annonçait émotionnellement très inconfortable. Lorsque l'on vit proche de la pauvreté, il est tellement plus facile de ne pas prêter d'âme à ces personnages. Aujourd'hui c'était le courage d'affronter la réalité qu'elle cherchait finalement en elle. Elle s'apprêtait aussi à être comme chez le grainetier, la lentille corail tombée sur le sac de lentilles vertes : remarquable. L'idée de choisir un interlocuteur et de chercher des mots pour lui adresser la parole la pétrifiait.

Peut-être ne la comprendraient-ils pas. Peut-être allaient-ils la rejeter.

Même si elle savait que les regards sournois de certains hommes la mettraient à nu, en objet sexuel à la fois fascinant et haï, la curiosité la poussait comme une main dans le dos. Aurait-elle dû se vêtir en djellaba pour ne pas leur déplaire ? Etait-elle assez couverte ? Il faisait tellement chaud ! Comment trouver le juste milieu pour cacher au maximum le corps, sans dégouliner de transpiration ? De toute façon, cela servirait-il à quelque chose ? Si quelqu'un a envie de nous détester, est-ce qu'une tenue vestimentaire l'en empêche ? Et puis est-ce si grave finalement ? Les ignorer, les faire disparaître mentalement, c'était mieux. Ce qui comptait c'était le projet, les tapis.

Quand le véhicule pénétra dans le village, Claire remarqua les stries dessinées dans la poussière des rues, signe que la terre avait été balayée. Ce soin manifestait une volonté d'ordre civique qui la surprit agréablement, comme si on avait voulu ranger la vie. Une poule suivie de poussins traversa devant le capot. Un chat dormait sur un tas d'herbe sèche sous un olivier. Des grappes de quatre ou cinq hommes se répartissaient dans des garages ou des échoppes. L'un était rempli de pièces détachées de mobylettes, l'autre, de téléviseurs. Plus loin, on distinguait l'atelier d'un menuisier. En guise d'enseigne, des plaques de *moucharabieh (sorte de dentelle de bois, placé dans le cadre des fenêtres pour ventiler et permettre de voir sans être vu)* étaient disposées contre le mur de façade. Un trou sombre dans une baraque semblait être un four à pain déserté depuis quelques minutes. Aucune femme dehors. Juste quelques groupes d'hommes, par-ci par-là, regroupés autour de repas. Une délicieuse odeur de *Harira* emplissait l'air. Claire sentait que sa présence ne passait pas inaperçue, qu'une sorte d'excitation envahissait l'atmosphère. Où que se posa son regard, elle en croisait un autre. Elle n'aimait pas les expressions sur les visages des hommes. Un malaise s'empara d'elle. Mais qu'est-ce que je fais là ? Pensait-elle. Pourquoi me compliquer la vie à ce point ? Puis l'image d'un superbe tapis lui vint à l'esprit. Elle prit une profonde inspiration, serra les poings et choisit de rester quand même. Elle s'habituerait probablement à la longue.

Elle s'approcha d'un local en terre. Le salon de coiffure, clos d'une vitrine encadrée de métal peint en vert pistache, était clairement le commerce le plus esthétique et raffiné du village. Sur le pas de la porte, Claire découvrit quatre individus tranquillement installés qui buvaient le thé en mangeant des dattes. Le coiffeur (il portait un tablier) était installé dans le fauteuil. Au fond, deux hommes paraissaient plaisanter avec lui. Sur un banc dans le fond, ils attendaient. Malgré la pauvreté des lieux, il y avait une sorte de recherche décorative surprenante. Des cadres pompeusement dorés ornaient les murs jaune pâle. Des colliers de fleurs artificielles y étaient suspendus. L'un des cadres arborait fièrement le portrait du Roi Mohamed VI entouré de sa famille. Les couleurs fanées de la photo tiraient vers le bleu. Une radio diffusait des chants de prière. Claire s'aventura :

- Salam' alikoum.
- *Alikoum Salam*, répondirent-ils en cœur.
- Heu… Quelqu'un parle français ?
- Deux têtes firent signe que *non*, mais le coiffeur sourit en acquiesçant.
- Vous parlez français ?

- Oui Lalla

- *Ah !* Je cherche une femme pour faire des tapis. Tu connais *tapis* ?

  Lorsque l'on veut être compréhensible, en pays étranger, on utilise souvent des gestes pas très clairs. Là, elle fit un rectangle dans l'air. Entre le rectangle et le tapis, le lien n'était pas flagrant, mais l'artisan comprit.

- Des tapis ? Oui ! bien sûr, dit-il sans accent. On dit *Zerbia* en arabe. Au Maroc, presque toutes les femmes berbères savent faire des tapis. Il y en a plusieurs au *douar (petit village)*. Viens, je vais te présenter Mina, là en face, c'est la femme d'un ami, elle tisse très bien. Et elle parle français.

- Merci ! Merci beaucoup. *Choukrane.*

  Le coiffeur lança une phrase en arabe à ses compères, probablement pour leur demander de patienter et se dirigea vers les maisons en face, de l'autre côté de la rue. Il fit signe à Claire de le suivre puis frappa trois coups contre une porte métallique. Une petite voix de femme se fit entendre :

- Chkoune (qui est-ce) ?

- Anas !

- Un bruit de remue-ménage indiquait que la personne se dépêchait de mettre un peu d'ordre avant d'ouvrir. On l'entendit donner quelques ordres à des enfants probablement pour qu'ils restent sages, puis un bruit de serrure et la porte s'ouvrit.

- Salam' Alikoum
- Alikoum Salam

Les deux marocains échangèrent quelques phrases à propos de la Française. La femme remercia le coiffeur, le congédia et sourit à Claire. Elle plaqua son dos contre le mur et l'invita de la main à entrer.

- Merci. Bonjour. Je m'appelle Claire.
- Bienvenue, je m'appelle Mina.

Elle portait une robe de chambre en laine polaire rose bonbon, un foulard synthétique assorti noué derrière la tête, des mules de plastique bleu surmontées d'une grosse perle nacrée et des chaussettes à motifs. Elle parlait d'une jolie voix haute, douce et éraillée.

Très intimidée, Claire avança dans un couloir sombre qui menait jusqu'à une petite pièce. Là, deux grosses banquettes envahissaient l'espace. Les assises fleuries et satinées agrémentées de pompons, contrastaient franchement avec les mûrs de béton brut qui les entouraient. Une télévision à l'image neigeuse, posée sur un tabouret de plastique blanc, diffusait une série égyptienne. Un tapis kilim bariolé recouvrait le sol. Claire comprit que l'espace servait de salon, de salle à manger mais aussi de chambre.

À la vue de la ribambelle de chaussures alignées au bord du tapis, elle se déchaussa.

- Non, non, entrez, gardez vos chaussures. Asseyez-vous.

Mina elle, lança ses mules avec dextérité et vint s'asseoir à ses côtés, sur la banquette. Elle parlait un très bon français, épicé d'un léger accent. L'air arabe de son langage, était surtout dû aux intonations chantantes qui grimpaient dans les aigus. Elle plaça son visage en face de celui de Claire, assez près et lui parla très clairement :

- Alors ? Qu'est-ce que tu cherches ? Tu cherches les tapis ? J'en ai plein. Je les ai faits moi-même ! Il y en a que j'ai fait ici et les autres, dans le village de ma mère, dans la montagne, avant de me marier. Tu veux les voir ?
- Merci beaucoup. Ils doivent être très beaux, mais ce que je cherche, c'est une femme qui sache fabriquer des tapis pour moi. Qui sache interpréter mes dessins. Vous croyez que vous pourriez faire ça pour moi ?
- Ah ! Moi, je ne peux pas. J'ai trop de travail. Je suis femme de chambre dans un hôtel la journée et le soir je fabrique déjà des tapis pour quelqu'un. Par contre, il y a une autre femme pas loin. Juste derrière là, dans le village. Cette femme, elle est très

pauvre. Elle travaille bien. Si tu veux, on peut aller la voir demain. Pas maintenant il est tard.

Claire soupira d'aise. Elle imaginait la tête de Mina auréolée d'étoiles. Ça existe, se dit-elle. Mon idée existe. Je suis venue là et suis parvenue seule à communiquer avec des personnes appartenant à un univers tellement étrange. Et j'ai obtenu des réponses. C'est *mon* histoire, c'est *mon* chemin sans Nicolas. Elle regarda la pièce autour d'elle. Une poésie indéfinissable émanait de cet instant. Elle se sentait incroyablement bien chez Mina et avait envie d'y rester pour discuter tranquillement sans penser à l'heure. Elle avait mille questions indiscrètes à poser.

Sa maison lui rappelait la cabane meublée d'objets trouvés de son enfance, au fond du jardin de ses parents. Sauf qu'ici, la maison de Mina abritait une vraie famille, composée d'adultes et d'enfants. Lorsque le jeu serait terminé, il n'y aurait pas de grosse demeure à regagner de l'autre côté du parc. La vraie vie c'était là : deux banquettes, quatre coussins, une petite table haute en planches, une vieille télé, un tabouret en plastique, quatre paires de chaussures et pas de jouet, trois stylos dans un pot, un cahier servant à toute la famille, une pendule kitch ornée d'éventails chinois et un métier à tisser, un semblant de cuisine, sans réfrigérateur ni four, quatre verres à thé, quelques couverts dépareillés en aluminium, des pots d'épices, une casserole et un tajine, un robinet au ras du sol situé dans les toilettes, pas de salle de bain, pas de chambre.

Sur la route du retour, elle ne parvenait à s'expliquer cette sensation incohérente de bien-être et de sérénité qu'elle avait éprouvée dans une pareille bicoque. Peut-être était-ce parce qu'intuitivement, elle savait que seule une femmes pouvait avoir le privilège de pénétrer l'intimité des femmes d'une telle culture. Un tel privilège la rendit joyeuse. Telle Alice, elle avait trouvé la porte d'un royaume : celui de l'essentiel. Autour d'elle, qui connaissait cela ? Personne. Même pas les marocains qu'elle fréquentait jusqu'alors. Désormais elle oui. C'était le début d'une histoire. Elle ne savait pas encore ce que l'avenir prévoyait, mais confiante, pressentait que la patience lui montrerait le chemin.

X

D'énormes lanternes posées à même le sol, de part et d'autre du chemin, diffusaient une lumière douce et feutrée, propre à la nuit orientale. Ce n'est que lorsque Claire tira le frein à main qu'elle réalisa à quel point il était tard. Elle regarda l'écran de son téléphone pour voir l'heure. Mince ! Il était déchargé. Nicolas avait du s'inquiéter.

Elle ne lui avait pas encore exposé ses idées, mais finalement, n'était pas si sûre de vouloir le faire. Il décrèterait probablement une lubie passagère et tenterait de l'en dissuader ou pire, d'en prendre le contrôle, comme à son habitude. Ce soir, je lui en dirai le minimum car s'il est en colère, il n'écoutera rien de toute façon. Mieux vaut éviter une dispute inutile.

En entrant, elle jeta ses clés sur la paillasse de la cuisine, sa saharienne sur une chaise et lança dans le couloir :

- Hé ho ! Je suis rentrée ! Vous êtes où !?
- On est là ! Dans le salon !

Les enfants et leur père agglutinés sur le canapé de velours rouge, visionnaient une émission sur la marmotte de Sibérie. Des effluves de shampoing emplissaient la pièce. Ils étaient mignons dans leurs trois pyjamas de pilou bleu ciel. Le chantier sur la table basse attestait que sous les directives de Nicolas, les enfants étaient douchés, vêtus pour la nuit et avaient diné. L'heure du coucher n'était pas loin. Jamais de mémoire familiale, on n'avait vu rentrer Maman à cette heure ! On ne savait même pas où elle était passée. Papa l'avait appelée plusieurs fois, il s'était inquiété, ça se sentait, même s'il ne disait rien.

À présent, devant le sourire rayonnant de Claire, les enfants comprirent que tout allait bien. Ils attendaient juste qu'elle leur raconte, mais leur père lui, se montra beaucoup moins avenant.

- Où t'étais Maman ? demanda Antoine.
- Je suis allée faire une chose étonnante. Là, nous n'avons plus de temps pour discuter, il est tard. Mais demain, je vous raconterai tout. Promis. Un de ces jours, je vous emmènerai à l'endroit d'où je viens.
- C'est vrai ? C'est où ? C'est quoi ? C'est loin ? demanda Théodore.
- Non, c'est là, juste derrière. À cinq minutes de la maison.
- C'est quoi Maman ? Et on va avoir un cadeau ? Est-ce qu'il y a des *togobans* ?
- Claire éclata de rire.

- Non mon amour, pas de *togoban*, mais tu verras, c'est une surprise. Pas une surprise bête. Une surprise intelligente, pour apprendre des choses que tes copains ne connaissent certainement pas.
- Ah bon ? Oh non ! J'aime pas les surprises intelligentes Maman. C'est toujours barbant. Et on ira quand ?
- Dans quelques jours. Et c'est nous qui allons apporter des cadeaux. Demain, nous regarderons dans ta chambre s'il y a des jouets qui ne te plaisent plus. D'accord ?
- C'est une drôle de surprise ça, maman.
- C'est quoi cette Histoire, intervint Nicolas. D'où tu viens ? T'as vu l'heure qu'il est ? T'aurais pu appeler, au moins ? Je me suis inquiété ! Et y a quoi « juste derrière » ? Y a des maisons pourries. T'es pas allée là-bas quand même !
- Ben si. On en parlera après.

Elle se tourna vers les enfants et donna affectueusement une tape sur les fesses de Théodore qui s'était levé pour prendre les jambes de sa mère entre ses bras.

- Allez ! Au dodo ! C'est l'heure.

Les silhouettes des gamins disparurent dans l'ombre du couloir, puis elle pivota vers Nicolas, s'approcha très près, leva le menton, les bras le long du corps, sans mot dire. Leurs poitrines s'effleurèrent délicatement. Son sourire radieux en disait long sur son état d'esprit ouvert, libre et offert qui contrastait avec l'air renfrogné de son mari. Sa gestuelle voulait dire, fais-moi confiance, je t'aime, on va faire l'amour tout à l'heure. Ensuite, comme pour le désarmer, elle saisit son visage entre ses mains, lui écrasant les joues et lui donna un gros baiser sur les lèvres.

- Fais-moi confiance, dit-elle.

Il n'eut instantanément plus la force de ronchonner. Ça, c'est fait, pensât-elle, pragmatique. Passons aux étapes suivantes : bisou sur le front des garçons, démaquillage, sexe et dodo. Demain, je démarre la partie théorique et je cherche un concept.

XI

Le lendemain, dans le jardin de la Palmeraie, le chant des oiseaux envahissait l'atmosphère. Entre les palmiers, au fond du parc, on apercevait l'Atlas dont les glaciers scintillaient dans le soleil. Le ciel du matin était d'un bleu Klein pur, inouï. Le paysage était époustouflant, le calme et le silence qui s'en dégageaient étaient rassurants. On sentait une puissance inexplicable, une sorte de protection prodiguée par la montagne, une folle envie de suivre les chemins enneigés jusqu'en haut des cimes. Sous la terrasse, alors que le soleil leur caressait doucement les épaules, dans une harmonie parfaite, le couple savourait un petit déjeuner succulent.

Claire enthousiaste, profita de la quiétude ambiante pour partager son aventure de la veille. Un éclat de voix la fît chuter violemment dans la réalité :

- T'es pas allée là-bas toute seule !
- Oui ! Et j'ai adoré, figure-toi. C'est fou de savoir que des gens vivent si près de nous et que nous ignorons tout d'eux à ce point. Tu verrais, ils ont de vraies vies, des gosses, des métiers, une routine… tout est parfaitement organisé, on a l'impression qu'ils se connaissent tous, presque comme une famille. Bon, je t'avoue que les maisons ne sont pas très jolies. Elles sont en

parpaings, gris moche. Ça ne ressemble pas trop aux villages de terre, si beaux, que nous avons vus dans les vallées du Draa. J'imagine que c'est beaucoup plus pratique et solide. Mais quand on a rien ou presque, l'esthétique des maisons c'est pas la priorité, c'est normal.

- Elle est folle.
- J'y ai rencontré une femme, elle s'appelle Mina. Elle est tisseuse.
- Claire enchaînait les informations pour ne pas être interrompue.

- Mais qu'est-ce que t'es allée faire là-bas ?
- Des tapis.
- Quoi, des tapis ?
- Oui, je suis sur le point de devenir une grande créatrice de tapis et je vais aider des gens. Et ne rigole pas s'il te plaît, minauda-t-elle. Mais en voyant le visage de Nicolas s'assombrir, Claire commença à sentir sa gorge se serrer. Elle se demanda si elle n'aurait pas dû raconter un bobard et attendre un peu avant de s'exposer. Il va me mettre des bâtons dans les roues. C'est sûr.
- Je vais dessiner des modèles de tapis et une aimable marocaine les réalisera dans sa maison, pour moi. Ce qui lui permettra de gagner sa vie, tout en restant dans son foyer auprès de sa famille. Et puis je compte les vendre et envahir le marché.

- Mais qu'est-ce que tu dis ? N'importe quoi !
- Je plaisante ! Il faut tout d'abord que j'ai une collection, ensuite on verra.
- Et tu comptes les vendre à qui tes chefs-d'œuvre ?
- Je ne sais pas encore. Pour l'instant je dois comprendre comment ça marche.

Claire aurait tellement voulu partager avec lui son ressenti, échanger des idées, lui faire percevoir le charme de la fin de journée qu'elle avait vécu la veille. Dans la petite maison grise, la douceur de Mina irradiait comme un soleil. Elle aurait tant aimé avoir les mots qui décrivent la réalité du douar. Comment trouver les mots, comment rendre compte à Nicolas, de cette synergie entre *sale*, *vulgaire* et *beau*. Les doux sourires, les câlins, les attentions gratuites avaient d'autant plus de mérite qu'ils germaient sur le fumier d'une urbanisation anarchique et sordide, où l'on écrasait, étouffait, asservissait, cachait les femmes. Découvrir cela lui avait procuré la même émotion que lorsqu'elle s'était retrouvée pour la première fois devant un tableau de Courbet. La critique l'appelait alors *le peintre du laid*, pourtant quelle émotion devant ses œuvres. À l'heure où d'autres flattaient les grands de leurs mondes, lui s'intéressait plutôt aux individus les plus simples, les plus pauvres et les révélait. Claire percevait cette réalité sans savoir la décrire. Elle se demandait toutefois, où se trouvait la limite d'un altruisme touristique niaiseux et si son enthousiasme à aider serait réellement gratuit. Si l'on ne tire pas d'intérêt matériel, l'autosatisfaction et la délectation de l'égo sont, il est vrai, une contrepartie. Elle avait senti une vérité qu'elle ne savait transcrire et rageait de ne trouver les mots, mais il fallait être lucide, personne ne pouvait comprendre. Son cœur lui disait de poursuivre. Il y aurait assurément beaucoup à apprendre.

XII

Les éclats de rire sonnaient dans la courette dont les murs de ciment faisaient caisse de résonnance. Ilhame avait ouvert le robinet au maximum et toute la famille s'éclaboussait ! Ils s'amusaient comme quatre enfants complices. Les perles d'eau scintillantes jaillissaient dans la lumière. Les voix tintaient.

La mère, à l'abri des regards de la rue, à l'aise devant ses petits, ne montrait aucune pudeur. Son tricot mouillé laissait apparaître un soutien gorge enveloppant. De grosses mèches brunes s'échappaient de son foulard noué dans la nuque. Le fameux short avait été recousu. Sur ses jambes fines, longues et musclées brillaient des gouttes d'eau mêlées de transpiration. Hassan était parti, encore et ils étaient heureux.

On frappa à la porte. Les visages se figèrent, le silence se fit. Les filles s'enfuirent dans la pièce, se vêtir rapidement, Omar resta debout, content d'avoir de la visite. Alors qu'Ilhame enfilait ses mules de plastique, elle cria en darija (*langue marocaine*):

- Qui c'est ?
- Une voix de femme répondit :

- C'est moi, Mina !

Ilhame appréciait Mina, bien plus que les autres femmes du coin. Toutes deux faisaient partie des dernières arrivées dans le douar. Le Maroc subissant alors l'exode rurale, de nombreuses agglomérations de fortune, s'étaient rapidement bâties autour des grandes villes. C'étaient pourtant de véritables villages, pourvu d'écoles et de mosquée, sans autorisation de construire et sans le charme rural du pisé. Une vraie vie de quartier s'y était créée, dans laquelle les habitants formaient un groupe interactif autour des enfants des uns et des autres. Il y avait tout ce dont on avait besoin, boulangers, ouvriers en tous genres et marché une fois par semaine.

Le mari de Mina était mosaïste. Lui aussi était souvent absent, pour de gros chantiers de construction de mosquées dans tout le pays. C'est pourquoi les deux femmes s'entraidaient régulièrement. À chaque fois que la voisine poussait la porte c'était pour une bonne surprise ou pour demander un service qu'Ilhame avait beaucoup de plaisir à lui rendre.

Aujourd'hui elle était accompagnée d'une européenne de belle allure. Quels drôles de cheveux ! Ils étaient rouges mais on voyait bien que ce n'était pas la couleur artificielle du henné. Ils étaient longs et souples et pas attachés du tout. Elle se contentait de les ramener de temps en temps derrière son oreille, d'un très joli geste. De curieuses chaussures à talons en cuir la rendaient immense.

Elle portait de beaux vêtements comme à la télévision. Elle était française. Mina pouvait traduire et expliquer ce que cette femme voulait. Elle au moins, avait eu la chance d'aller à l'école.

Elle s'appelait *Kère* ou *Tlaire* et cherchait quelqu'un pour lui tisser des tapis. Ilhame connaissait parfaitement la technique du tissage noué. Sa mère la lui avait apprise à coups de claques sur les mains, lorsqu'elle était enfant. Ça la barbait d'ailleurs, mais aujourd'hui elle était fière de faire partie des femmes du village qui avaient la main la plus sûre. Sur ce point, elle avait confiance en elle. Ses nœuds étaient toujours parfaitement droits et serrés.

Mina fabriquait des tapis pour le compte d'une autre française. Un métier à tisser avait été placé dans son salon. Ainsi elle mettait à profit son temps libre pour mettre du beurre dans les épinards, ou plutôt du *smen (beurre rance)* dans le *ksouksou (semoule)*. C'était au tour d'Ilhame d'avoir une française. On ne comprenait pas toujours leurs lubies, mais elles payaient bien.

Réunies dans la cour, les trois femmes se souriaient en acquiesçant sans trop se comprendre. Le langage était fort limité, mais un courant sestral passa comme un ange dans la maisonnette. Comme si, malgré le fossé culturel gigantesque qui les séparait, elles devinaient que quelque chose de positif émanerait de cette rencontre et aussi que derrière la méfiance, se cachaient des points communs. Elles s'examinaient mutuellement avec un enthousiasme camouflé. Claire observait avidement les conditions de vies de cette famille, incarnées par les objets insolites qu'elle distinguait autour d'elle. Ilhame elle, s'imprégnait de la tenue vestimentaire, du ton de la voix et de la carnation de Claire. Elle cherchait des objets symboles de richesse, comme des bijoux. À sa grande déception, il n'y en avait pas. Chacune dresserait, le soir venu, un portrait croustillant de l'autre auprès de son entourage. Une excitation générale emplissait les lieux.

Comme il se doit, Ilhame proposa à ses invitées de s'installer dans la pièce et envoya Yasmine chercher d'urgence quelques feuilles de menthe sur le talus d'à côté pour leur préparer d'un bon thé.

- Zorah ! réveille-toi !

Zorah était restée béate, la bouche entre-ouverte, fascinée par cette femme souriante qui sentait le parfum. Elle adorait son style. Sa manière de bouger, de tourner la tête, de mouvoir ses mains, sa voix, son air sûr d'elle, ses vêtements. Son visage exprimait à lui seul mille sentiments nouveaux, qu'elle ne savait pas tous identifier d'ailleurs. Elle disait des phrases longues remplies de jolis mots français, dont la petite n'attrapait que certains au vol. La musicalité de cette langue la fascinait. Rien à voir avec les formules idiotes qu'on l'obligeait à répéter par cœur à l'école. « Bonjour Madame ! Comment allez-vous ? Je vais bien, merci ! Où se trouve le village, je vous prie ? » Mina et cette femme échangeaient de vraies phrases utiles et rythmées. Ce soir, quand personne ne me verra, je m'entrainerai à parler comme elle, pensait-elle. Je dois bien écouter. Je dois m'en rappeler absolument !

Ilhame frappa dans ses mains, agacée :

- Zorah ! Va faire chauffer l'eau. Allez ! File !

La fillette s'exécuta. Ilhame en chef de famille, s'efforçait d'avoir l'air à l'aise. Alors, la voilà ma française...

XIII

Le thé royal fumait sur le plateau rond de métal blanc. Il était quinze heures. Sur le bureau, des bandes de lumière traversaient les volutes de vapeur qui montaient du verre. La menthe, l'anis étoilé, la cannelle, le clou de girofle, la rose, la réglisse, la cardamone, lui caressaient l'esprit. Claire était toujours en pyjama. Elle cherchait vainement l'inspiration. Très concentrée, nerveuse, elle griffonnait des feuilles volantes, basculait brutalement le fauteuil en arrière, regardait le plafond, sirotait le breuvage parfumé, puis reprenait les crayons. C'est en cherchant qu'on trouve, se disait elle.

Elle s'était octroyée une pièce fort bien orientée, au premier étage de la maison, pour en faire son nid que l'on appelait pompeusement *son bureau*. Elle n'était pas dupe. En dehors de sa correspondance sur les réseaux sociaux, l'endroit était réellement superflu. Toutefois, ayant autant de goût que de temps à perdre, elle en avait fait un havre ravissant. Un bureau de cèdre embaumait l'espace. Elle l'avait intégré au creux d'un balcon andalou suspendu, fermé de fenêtres en moucharabieh. Sur la table, de petits compartiments à courriers étaient sculptés de rosaces orientales et la partie basse du meuble était composée de tiroirs, ornés de boutons en marqueterie de nacre. Elle avait chiné son fauteuil seventies chromé en cuir blanc, aux puces de Bab Khmiss. Le sol de zellige blanc, était parsemé de cabochons vert Marrakchi. Près du mur, une peau de mouton et deux coussins de cuir naturel, brodés au point de Fez blanc étaient jetés sur une méridienne de velours rose poudré. Les mûrs enduits de pisé, laissaient apparaître discrètement de petits morceaux de paille. L'espace, toujours impeccablement rangé, était pour une fois sens dessus dessous. La planche de travail et la corbeille débordaient de papier. Penchée sur un livre d'art primitif, Claire mordillait son crayon.

La veille, à l'affût du moindre détail susceptible de fertiliser son imagination, comme pour une rentrée scolaire, elle s'était équipée d'une série d'outils rutilants. Dans la plus ancienne papeterie de Guéliz, elle avait trouvé papier Canson, crayons de couleurs et autres ustensiles de géométrie. Toute la nuit elle avait navigué sur Internet, en vain.

- Il lui fallait une ligne directrice, un genre, une signature. Elle aimait le côté graphique et sobre de l'art africain, mais hésitait entre les couleurs vives et les tons naturels présents sur le dos de ses futurs fournisseur, les moutons. Elle devrait trouver un nom court, *pré-tendance*, conceptuel, révélateur de l'esprit qu'elle voulait donner à ses créations. Ça suggèrerait l'authenticité, l'humilité, le retour aux sources, à la nature, au contraire de la futilité brillante qu'elle cherchait à fuir.

Sur le rebord de la fenêtre, une tourterelle roucoulait. Il faisait doux dans la pièce. Soudain, elle sursauta. Sous ses pieds, le bruit d'un scarabée qui grattait la surprit. Il cheminait laborieusement sur le sol nacré. Sa couleur noire mat s'opposait à la brillance du zellige. C'était ça qui était beau. Le contraste, l'opposition ! C'est alors qu'un mot jaillit de sa tête, sans qu'elle ne sache pourquoi :

- Poorchic !

C'était le mot ! *Poorchic* incarnait le contraste entre le pauvre et le riche, entre le brillant et le mat. Tout un symbole. Elle ne sut d'où ce mot surgissait, mais il était génial ! Le chic par le minimum du minimum. L'humilité *sacerdotale*, dans l'élégance des proportions !

Elle prit donc la décision de rester sur les couleurs *poils de la bête*, sans rien ajouter. La laine serait ainsi blanche, grise, marron ou presque noire. Les motifs seraient graphique mais simple. Ce qui faciliterait l'interprétation d'Ilhame. Une géométrie soixante, dans une ambiance ethnique suggèrerait la rencontre entre les deux continents.

Alors la main s'activa sur les feuilles. Cette fois avec beaucoup plus de certitudes. Les crayons colorés furent rangés dans un tiroir. Trois teintes suffirent. Le cœur s'accéléra, les dents mordirent les lèvres, les cheveux furent attachés en chignon d'urgence. Claire exultait, puis rageait, doutait puis recommençait, jetait les feuilles, s'impatientait, recommençait encore, trépignait et buvait du thé chaud, puis froid.

- C'est pas bon, c'est pas bon ! Bordel ! C'est presque là. Trop gros, ce motif ! Les proportions sont mauvaises ! Elle se rappela ses études en histoire de l'Art et du nombre d'Or. Allez ! Il faut que je m'y replonge. Il y a du boulot. Elle entrebâilla la porte et lança un cri au travers du couloir. Naema ! Un café Affek ! Et s'il te plaît, dis qu'on ne me dérange pas, je ne mange pas ce soir.
- D'accord Madame.
- Il me faut de la musique. Ipod ? Ah ! Le voilà… Allez ! Chopin.

Vers vingt trois heures, un dessin tenait la route. Elle regarda l'heure sur son écran d'ordinateur.

- Mince ! Les enfants ! Je ne leur ai pas dit bonne nuit.

Elle se leva, ce qui lui donna l'impression que ses jambes réapprenaient à marcher. Elle se dirigea vers le miroir sur la cheminée et contempla son visage fatigué. Toujours en pyjama, les cheveux ébouriffés et gras, le teint terne, elle se passa les doigts sous les yeux, pour lisser la peau. Elle allait descendre et se glisser dans les draps. Nicolas ferait la gueule. Qu'importe. Il comprendrait plus tard, quand l'histoire prendrait forme.

XIV

C'était une fin de journée. L'appel à la prière, doux et tiède, se fit entendre, marquant ainsi le début d'un subtil changement d'ambiance dans le village. Les rues jusqu'ici plutôt calmes, s'animèrent progressivement. Elles semblèrent s'emplir de corps qui se dirigeaient dans une même direction. Pas tous, car certains poursuivaient leur ouvrage.

Ce jour là, Hassan rentra au bercail. Il était absent depuis plus de six mois, retenu sur un chantier d'une particulière exigence. Il restaurait une *medersa (école coranique)* Fassie du quatorzième siècle, dont les murs étaient ornés de sourates sculptées dans le bois et dont les plafonds étaient ornés de stalactites de cèdre qui se devaient d'être ciselées dans les règles absolues de l'Art.

Son travail était la seule satisfaction de son existence. Car il savait bien que l'on ne confiait pas ce type d'ouvrage au premier *mahalem (maître artisan)* venu. Il avait lutté pour en arriver là et fait preuve de remise en question, de courage, de patience et d'humilité. Dommage ! Il n'avait pas su appliquer la méthode à la vie familiale. Il était probable que son esprit fonctionna de manière cloisonnée. Après avoir amassé pas mal d'argent, il rentrait enfin, heureux de jouir d'un repos bien mérité, manger, profiter de sa femme, dormir à volonté. Avant d'entrer, il imagina un instant l'expression de fierté sur le visage d'Ilhame. Ses filles allaient bien veiller à son confort, le servir, le choyer, cuisiner pour son plus grand bonheur. Soudain une image vint assombrir le tableau : Omar, l'avorton couronné.

Celui qui captait toute l'attention indue et ne lui apporterait jamais aucune satisfaction.

Dieu avait bien voulu lui donner deux filles vaillantes et adroites, douces et gentilles avec leur père. Mais Hassan avait rêvé d'un fils, un vrai. Les filles coûtaient cher car il était mal vu de les laisser sortir pour travailler, car ce n'était pas correct. Il les laissait aller à l'école pour l'instant parce qu'Ilhame lui avait assuré que c'était la preuve du bon niveau social de la famille. Cela devenait nécessaire pour trouver un bon mari. C'était une idée un peu farfelue mais elle avait su trouver des arguments convaincants, qu'il avait d'ailleurs oublié depuis. En tous cas, au premier contrat de mariage en vue, plus question d'études. La place d'une épouse est dans la maison.

- Pour la troisième grossesse, il avait prié pour avoir un garçon qui le seconderait, comme il l'avait fait lui-même avec son propre père, pour lui assurer de vieux jours couvés. Il lui aurait transmis tout son savoir-faire, lui aurait montrer comment on devient un homme. Mais une fois la maladie révélée, l'enfer commença. Il disparu plus de six mois, laissant Ilhame dans un état de détresse absolue. À son retour, il découvrit que la martyriser lui prodiguait un certain plaisir. Omar le répugnait tellement, qu'il préférait s'en détourner et choisir son épouse comme souffre-douleur. Elle, était résignée et disponible. Cette femme n'avait même pas été capable de lui fabriquer un garçon normal. Il avait donc bien raison de la punir ! Et puis, ça venait de sa famille. Il aurait dû s'en douter en voyant le grand-père au mariage. Un misérable rat pelé et malingre celui-là ! C'était certainement son sang qui coulait dans les veines du gosse. Il n'aurait jamais de force, coûterait un argent fou, ne rapporterait rien d'autre que des ennuis. Et elle, elle n'avait d'yeux que pour lui.

Le ciel rouge du soir marocain couvrait le petit village quand Hassan passa la tête par la porte. Il observa en silence sa famille qui ne l'avait pas remarqué. Les trois femmes assises sur le sol, écossaient des petits poids. Pas de Omar en vue. Il devait s'être endormi quelque part. Tant mieux, ce serait comme s'il n'existait pas pour une fois.

Il décida de se faire remarquer en avançant un peu vers le groupe à l'ouvrage.

- Femme. Filles.
- Papa !
- Qu'est-ce qu'on mange ce soir ?
- Attends Papa. Assieds-toi, dit Zorah. Yasmine va enlever tes chaussures. Tu es fatigué ? Tu veux du pain et de l'huile d'olive ? Tu veux du thé ?
- Je veux un tagine ! Vite ! J'ai faim. J'en ai salivé toute la journée !

Il riait. Il était heureux. Il n'avait pas encore regardé sa femme. Elle avait l'habitude de sa rudesse. Ce n'était pas un bon mari. Elle le savait. Mais c'était ainsi que Dieu l'avait choisi pour elle. Avait-t-il de l'argent en poche cette fois ? C'est tout ce qu'elle voulait savoir. Parfois, elle se demandait s'il n'avait pas une autre famille quelque part. Et puis après, elle n'y pensait plus. Heureusement, Mina lui avait expliqué que les nouvelles lois interdisaient la polygamie non consentie par la première épouse, mais au village, on racontait des histoires sur les hommes qui n'en auraient fait qu'à leur tête.

Brusquement, elle attrapa le bras de Yasmine et lui chuchote à l'oreille d'aller demander crédit à l'épicier. Quatre œufs, deux tomates, un pain frais et une cigarette.

- Cours ! Et rassure le. Dis-lui que ton père est rentré.

Yasmine fila comme un courant d'air. Zorah se dirigea vers le coin cuisine de la cour et commença la préparation des oignons tout en mettant l'eau du thé à chauffer.

Alors Ilhame inspira profondément et se lança :

- Hassan, j'ai une bonne nouvelle.
- Raconte, dit-il les yeux toujours au sol.
- Il y a une femme qui est venue. Une française. C'est Mina qui l'a amenée. Elle veut que je travaille pour elle.
- Et ton gosse, qui va le garder ? Il cracha par terre. T'es qu'une chienne en chaleur. Tu veux toujours rôder.

Ilhame ne se faisait pas à sa violence verbale. Elle retint difficilement ses larmes. La gorge serrée, elle maîtrisa difficilement sa voix qui devint exagérément aigue, mais elle poursuivit.

- Non, elle veut que je fasse des tapis ici, à la maison, avec une machine dans la cour. Elle me donnera l'argent pour la machine. Après elle me donnera un dessin sur une feuille et elle veut que je fasse le tapis comme le dessin.
- Mais t'es trop bête pour faire ça. Elle le sait pas ta Française ?
- Je croyais que tu serais content.
- Et combien elle paye d'abord ?
- Je sais ne pas, elle m'a pas dit. Mais ne t'inquiète pas, Mina me dira combien il faut demander, elle a l'habitude.

- Tu sais combien ça vaut un tapis en France toi ? Beaucoup !
  Alors ne fais pas de cadeau ! Elle a l'argent. Compris ?
- Mais elle a l'air gentil. Elle est belle, avec de beaux cheveux et
  de belles dents… Elle sent bon.
- Et tu crois quoi ? Que tu es son amie à la Française ? Elle et
  toi, vous n'êtes pas du même monde. Alors arrête de rêver ma
  pauvre.
- Je sais bien, je n'ai pas dit ça. Tu veux que j'aille chez Mina
  pour demander combien elle vend ses tapis, elle ?
- Je ne sais pas. Heu, non ! Reste là. C'est la Française qui va
  proposer. Tu lui diras que tu vas réfléchir et je verrai.

Ilhame aurait tellement aimé le voir satisfait. Après tout, si
Mina l'avait recommandée c'était pour son talent. Elle espérait
qu'il cachait volontairement sa satisfaction. Au fait, à propos
d'argent, qu'avait-t-il apporté ? Cela faisait maintenant un
mois que l'épicier lui faisait crédit. Elle ne supportait plus son
regard accusateur. Au Hammam, les femmes chuchotaient en
voyant qu'elle et ses filles n'avaient plus de savon.

- Tu es rentré les poches pleines ?
- Ta gueule, chienne ! De quoi tu oses me parler !? Tu crois que
  j'ai des comptes à te rendre ? Si j'ai gagné de l'argent, je peux
  en faire ce que je veux. Tu m'entends bien ? Je peux le brûler
  si ça me plait.

- Je te demande ça, parce que ça fait des semaines que je n'ai pas payé l'épicier. On ne mange presque plus que du pain.
- Tais-toi, femme ! Rugit-il. Tu me manques de respect !

Il lui balança une gifle magistrale, projetant son visage au sol. Zorah sursauta en entendant le claquement derrière elle. Elle aurait préféré avoir suivi sa sœur au *hanout (épicerie)*. Elle recula délicatement, s'adossa au mur de la cuisine et retînt sa respiration. Elle aurait voulu se fondre dans le ciment.

Ilhame resta prostrée, s'accordant quelques secondes de répit pour se rassembler. Il fit un pas vers elle et posa le pied sur son oreille, la forçant à tourner la tête. Elle le regardait en coin, de son œil gauche.

Qu'allait-il faire maintenant ?

- Tiens.

Il sortit quelques billets de sa poche, de quoi payer le loyer du mois et quinze jours de nourriture et le bras tendu en hauteur au-dessus d'elle, il les laissa tomber en pluie sur son corps. Quelques secondes plus tard, la porte claquait. Il partait à nouveau. Pour combien de temps ?

XV

Dans la lumière orange de la palmeraie, une petite voiture décapotée fonçait sur les chemins. Elle soulevait un gros nuage de poussière. La banquette arrière débordait de laine blanche. Le premier dessin achevé était soigneusement rangé dans une chemise neuve en plastique, munie d'un stylo, d'un mètre enrouleur, d'une paire de ciseaux rouges et d'une machine à calculer. Un métier à tisser avait été livré dans la maisonnette le matin même. C'était un bon outil, bien solide, fabriqué par Abdou, le gentil ferronnier du village. Claire enthousiaste, roulait à toute vitesse. Arrivée à destination, le nuage dépassa le véhicule et le recouvrit entièrement. Tout en ouvrant la portière, Claire toussa. Elle s'époussetait le visage et les vêtements, lorsqu'elle vit un groupe d'enfants se précipiter vers la maison de Mina. Tout le monde savait que lorsque la française viendrait, il faudrait immédiatement l'avertir. Alertée, celle-ci jeta un foulard sur ses cheveux avant de sortir et alla à la rencontre de Claire. Radieuse, elle se savait observée. Les convoitises la flattaient. Rares étaient les femmes qui avaient eu la chance d'aller à l'école. Encore moins au collège. Les gens savaient que c'était parce qu'elle maîtrisait des langues étrangères, grâce à son savoir, que des activités nouvelles se créaient au village. Des activités nobles en plus. Désormais, elle allait être la personne à prendre en considération, car si les françaises avaient besoin de nouvelle main-d'œuvre, ce serait à elle seule de désigner la prochaine tisseuse. C'est pourquoi, la poitrine bombée, elle toisait les mesquines sur son passage.

Comme de coutume, elle embrassa Claire trois fois, puis d'une déférence exagérée, la couvrit d'interminables formules de politesses. Ensemble, elles se dirigèrent vers la maison d'Ilhame, qui les attendait sur le pas de sa porte, l'épaule appuyée au chambranle, les bras croisés. Son foulard couvrait une partie de son visage.

À peine entrée, la française n'y tenait plus. Avant même d'être invitée à s'asseoir, tel un mousquetaire, elle dégaina son dessin et le mit sous le nez d'Ilhame. Celle-ci se dégagea un peu le visage pour mieux voir. C'est son manque d'enthousiasme qui trahit Ilhame. Elle avait un comportement nerveux, se frottait les bras, piétinait et ne demandait aucune traduction à Mina.

Claire, agacée, prit tout d'abord le parti de ne s'adresser qu'à Mina, lorsque son regard en balayant l'espace, s'arrêta sur une joue. C'est alors qu'elle osa réellement dévisager Ilhame. Une ligne violette partait du coin de son œil vers le haut de la joue. La pommette était bleue. À gauche, une croûte allait du cou à l'oreille. Tout d'abord, elle ne comprit pas la situation, comme si son cerveau, durant quelques secondes, refusait d'interpréter sa vision, malgré l'évidence. Le malaise était insoutenable. Brusquement, Mina bouscula volontairement son amie en passant devant-elle pour qu'elle se ressaisisse et reprenne contenance. C'est alors que Claire interpréta enfin sa vision. Des larmes qu'elle ne put réprimer envahirent ses yeux. Elle se trouva alors tiraillée entre le respect qu'elle devait à la pudeur d'Ilhame et le sentiment d'urgence qui la poussa malgré tout à saisir la main de celle qui souffrait tant devant elle.

- Ça va ? Tu vas bien ? Il y a un problème ? La main se retira immédiatement, les yeux fixaient le sol.
- Non, pas de problème. Labess, koulchi labes (ça va, tout va bien.).
- Ça va, elle va bien, dit Mina sèchement.

Claire stupéfaite, se racla la gorge en comprenant que l'on attendait d'elle qu'elle change de sujet. Alors elle se frotta vigoureusement le visage pour se concentrer à nouveau sur l'objet de sa visite: les tapis.

- Bon. OK. Alors heu, le tapis. Donc dis-lui que j'ai la laine dans la voiture pour débuter le travail. Quand est-ce qu'on commence ?

- Demain nous ferons les fils de trame avec quelques voisines et le travail des nœuds durera si Dieu veut, jusqu'à la fin du mois, dit-elle en regardant le dessin que Claire lui tendait. Tu as marqué deux mètres par trois ?

- Oui c'est ça. C'est quoi les fils de trame ?

- Tu vois, je t'ai envoyé chercher ce fil de coton. Il est plus fin que la laine, mais très résistant. C'est pour faire le fond du tapis, ce qui ne se voit pas. Ça doit être très solide, alors on va le tendre très fort, très très fort, avec quatre femmes.

- Quand il sera enroulé très tendu on accrochera les planches de bois sur la machine. C'est là qu'Ilhame pourra commencer son travail. C'est quand on ne fait pas bien ce travail que les tapis sont tout tordus.

- Donc, si je comprends bien, pour être une bonne tisseuse, il faut avoir des copines, dit Claire pour se rendre amusante. Comme les deux femmes semblaient ne pas percevoir le rapport singulièrement comique, elle poursuivit. Si tu n'es pas sympathique, tu es condamnée à faire des tapis tordu.
Toujours pas de réaction.

- Bon. Est-ce que je dois payer quelque chose aux femmes qui vous aident ?

- Non. Ne t'inquiète pas, pour les choses comme ça on s'arrange entre nous. C'est comme ça un village, on se donne de petits coups de main tout le temps. C'est pas pareil chez toi ?
- Non pas trop, non. Claire resta pensive un instant et reprit. Tu comprends mon dessin ? J'ai bien expliqué avec les flèches. Là, c'est la distance entre les angles. C'est assez clair, ça va ?
- Et combien de temps faudra-t-il pour le terminer.
- Incha Allah, un mois. À peu près…

Pendant que les deux femmes conversaient, Ilhame en retrait se consumait. Elle avait envie que tout le monde sorte pour être seule. Mina avait volontairement fait diversion pour la protéger, mais lorsque la question du tapis fut réglée, un lourd silence revint. Claire compris alors que sa présence n'était plus souhaitable. Malgré le sourire affiché de Mina, on préférait qu'elle *mette les voiles*. Elle lança alors un « bon, ben je m'en vais », promit de passer dans trois jours pour vérifier l'avancée du travail, embrassa les deux femme et partit dépitée.

Au volant, sur le chemin des beaux quartiers, elle ne pouvait s'empêcher de songer au visage d'Ilhame. Elle réalisa qu'on oubliait souvent ce que l'on doit à nos grand-mères. Lorsque que l'on est prise au piège dans la vie d'une Ilhame, depuis l'enfance déjà, on n'a aucun choix, aucune perspective. Les mères enseignent le fatalisme à leurs filles. On est conditionnée pour subir. Taper du poing sur la table est inenvisageable. Avoir du caractère c'est au contraire trouver la force de résilience, jour après jour. De plus, le poids des regards extérieurs plombe toute volonté de rébellion. La crainte des médisances prédomine. On annihile l'esprit d'initiative, on décourage la curiosité car cela mènerait qu'à la discorde et aux désillusions. Les usages sont rarement guidés par la spiritualité mais plutôt par une volonté de contrôle du clan sur l'individu. On refuse de voir émerger l'individualité car elle menace l'équilibre. Le plus incroyable est qu'avec la complicité de certaines mères, le groupe étouffe l'énergie lumineuse qui émane des jeunes femmes. Et une fois éteintes, certaines deviennent souvent extinctrices à leur tour.

XVI

C'était midi. Claire, accompagnée de Théodore et d'Antoine, rendait visite à la famille d'Ilhame. Une première pour les enfants qui protestaient dans la voiture, prétextant tous deux être trop occupés pour perdre du temps avec les enfantillages de leur mère :

- Mais Maman ! On s'en fiche de ces gens on te dit. En plus ils ne savent même pas parler ! dit Théodore.
- Ils savent parler leur langue Théo. Sais-tu parler la leur toi ?
- Bien sûr que non, mais ça sert à rien. Maman ! J'étais en train de construire mon château que le père Noël m'a apporté ! Je m'en fiche de ces gens ! J'ai pas envie !
La mère, obstinée, restait silencieuse.

- Maman ! Je te parle !
C'est alors qu'Antoine prit conscience que sa grève du silence et ses bras croisés n'avaient aucune influence sur la mère et intervint en renfort :

- Ouais ! il a raison. C'est bon, on ira un autre jour. J'allais faire mes devoirs là.
- Quoi ? Tu allais justement faire tes devoirs ? Comme par hasard ! Et de ta propre initiative en plus ! Et maintenant ?

Comme c'est étrange ! Sans que je n'ai besoin de te le réclamer cent fois. Mon Dieu, quelle chance ! J'aurais du sauter sur l'occasion pour voir ça. C'est dommage, nous sommes sur la route, mais je ne manquerai pour rien au monde ce spectacle fascinant dès notre retour, Antoine. À moins que l'envie avide d'apprendre ne te quitte subitement, répondit Claire, narquoise.

- Mais Maman ! On n'a pas envie, on te dit ! Qu'est-ce qu'on va leur dire d'abord ? Et puis ils vont nous regarder comme des martiens.

- Bon ! Taisez-vous. On est arrivé. On en a pour cinq minutes.

Quelques instants plus tard, dans la courette grise, une agitation inhabituelle perturbait la tranquillité coutumière. Depuis le ciel, on aurait pu voir, des têtes brunes et blondes s'entrecroiser et s'effleurer les unes les autres en interaction. Comme dans un jeu vidéo, les ronds noirs et jaunes allaient et venaient d'un espace à l'autre, échangeant des objets, se suivant puis se séparant...

Devant la joie d'Ilhame et celle de ses enfants, Antoine et Théodore avaient déposé les armes. Omar, le sourire radieux, saisit la main de Théodore sans plus de présentation et l'emmena dans la pièce voisine. Là, sur le tapis, il jeta d'un air d'opulence trois animaux en plastique. Une vache, un âne et un mouton. Il s'adressait naturellement à Théo en arabe qui lui répondait à son tour en Français. Dès lors, les deux partirent dans les profondeurs de l'imagination enfantine, sans prêter d'avantage attention à leur environnement. Pendant ce temps, Ilhame et Yasmine s'affairaient à la préparation de mets afin d'accueillir leurs invités surprises comme il se devait.

On fit asseoir les hôtes sur la banquette, on approcha quelques tabourets et l'on posa un plateau surmonté d'une petite nappe synthétique brodée de fleurs aux couleurs tendres. Les deux sœurs y déposèrent avec déférence un ramequin d'huile d'olive, du beurre rance, du pain chaud et odorant, des olives et une théière accompagnée de ses verres.

- Mange ! dit Ilhame en invitant Claire d'un signe de la main.

Puis, devant sa gène, elle coupa elle-même un morceau de pain, qu'elle trempa dans l'huile et le lui tendit. Quelle douceur, quelle qualité, malgré un tel manque de moyen ! S'étonna la française. Ces gens sont encore pour quelques temps à l'abri de la nourriture industrielle. Ne pas en avoir les moyens leur procure finalement une certaine qualité.

- Koul Abibi ! (Mange mon chéri) dit Omar de sa petite voix, en caressant la tête de son nouvel ami.

Il adoptait à l'égard de Théodore, la probable attitude de sa maman lorsque celle-ci lui demandait de manger avec tout son amour. Même son regard était celui d'une mère bienveillante.

Les quatre marocains, à genoux sur le tapis, leur faisaient face. Le spectacle de chaque bouchée était pour eux d'une réjouissance inouïe.

Soudain, Yasmine sembla avoir une idée qui la fit se dresser et se précipiter sous la télévision. Elle revint vers Claire en lui présentant un cahier. Du doigt, elle désigna la couverture et dit :

- Français !
- C'est ton cahier de français ?
- Oui. Les yeux de la jeune fille pétillaient.
- Tu travailles bien à l'école ?

- Oui. Moi, la meilleure.
- Tu sais dire quoi en français, demanda Claire en articulant bien.
- Je ne sais pas, dit-elle, cherchant dans sa tête quelle phrase elle pourrait bien réciter.

Alors, Claire commença à désigner un à un tous les éléments de la pièce, afin que la fillette trouve le terme français qui convenait. Le jeu provoqua de grands éclats de rires. Malheureusement, son vocabulaire s'avéra bien pauvre. Seuls les mots *table* et *verre* furent trouvés.

Puis Yasmine ouvrit les pages remplies d'une écriture parfaite. On était proche de la calligraphie. C'est cohérant, pensa Claire, on attache une grande importance à cet art dans la culture arabe. Puis effrayée, en lisant le contenu des leçons, elle s'aperçut que l'on faisait étudier à l'enfant la nature grammaticale des mots, dans des considérations d'une grande complexité, alors que celle-ci ne possédait pas le moindre vocabulaire. Cette bonne élève, savait réciter par cœur de longues phrases et remplir des pages de compléments d'objets directs sans en comprendre un mot. On décrivait par exemple tous les aspects d'un regard féminin : profond, mystérieux, sombre… la jeune fille en face d'elle pouvait-elle saisir le sens d'un regard contrarieté ?

L'exaspération l'envahit. Elle tenta pourtant d'afficher un air satisfait et rassurant pour camoufler sa désillusion. Comment le corps enseignant responsable des programmes scolaires, pouvaient-ils saboter à ce point l'avenir des élèves. En étaient-ils conscients ? Elle imagina l'orgueilleuse dame de l'académie, satisfaite de son travail, derrière son bureau, trop aveuglée par son égo pour remettre en question les méthodes de perroquet dont elle validait l'application à grands coups de tampons.

Elle soupira et décida de laver son esprit en cherchant du regard une autre source de pensée. C'est ainsi qu'elle tomba sur Zorah pétrifiée, en retrait dans la cuisine. Elle semblait ne plus respirer, ne plus cligner des yeux, les bras de long du corps, elle contemplait Antoine. Claire chercha alors son fils et le trouva, exagérément intéressé par le sol. Gêné, il jouait du bout de son pied avec un petit caillou. Comme c'était touchant ! Elle se tourna ensuite vers Ilhame, qui considérait, elle aussi, les jeunes gens. Cependant, on pouvait voir la désapprobation et l'inquiétude dans ses yeux.

Alors, comme une vague glacée, Claire prit conscience de la portée de son acte. En venant, elle avait voulu enseigner quelques valeurs à ses enfants. Elle pensait qu'il était de leur intérêt de voir la misère en face afin de connaître un autre visage du monde. Mais en faisant cela, elle avait involontairement fait prendre conscience aux filles d'Ilhame, de leur manque et peut-être même, fait naître en elles un sentiment nouveau dont elles n'avaient guère besoin : le désir. Peut-être le désir de posséder mais aussi le désir charnel ou encore celui d'aimer un homme.

À quoi sert d'aimer dans le monde d'Ilhame ? Là où n'existent que dominants et dominés, c'est une faiblesse. Le sentiment amoureux est synonyme de danger. Aimer ses enfants, ses parents, ça oui. Mais aimer un homme, pour quoi faire ? Le respecter et le chérir, seul était les devoirs d'une femme. Mieux vallait se tenir éloigner du sentiment amoureux.

XVII

Une dizaine de jours plus tard, le premier tapis était achevé. Parfait ! La couleur était subtile, très belle, douce et rassurante. Chaque fil avait été coupé avec précision un à un, bien qu'à l'appréciation de l'œil et de la main. L'épaisseur était idéale et plutôt régulière. Des losanges bruns encadraient un dégradé allant de la couleur taupe vers le blanc cassé. Les motifs qui structuraient l'espace, apportaient un ordre théorique, pendant que de légères imperfections faisaient de ce tapis un symbole unique de la sensibilité et de la patience d'une femme. L'humilité de l'objet résidait dans ses couleurs naturelles et aussi dans le juste équilibre entre irrégularité humaine et précision d'une main habile. Il avait tout à fait sa place dans les pages d'un ELLE décoration, sur le sol en béton d'un loft new-yorkais. C'était mieux que ce qu'elle avait imaginé ! Dans le mille, dès le premier coup !

Claire exultait. Elle avait l'impression de découvrir un cadeau tombé du ciel. Ce tapis portait en lui tellement d'âme ! Elle s'imagina faire un gros câlin à Ilhame, mais n'en fit rien. Un peu de tenue, tout de même !

Ilhame était fière, car à la vue de la réaction de Claire, elle comprit qu'elle venait de réaliser un travail haut de gamme. Elle avait éprouvé beaucoup de plaisir à voir monter cet ouvrage. Le temps passé à nouer chaque fil en silence, était une récréation sacrée, un voyage dans l'imaginaire. Certes, rester assise une vie durant, sur un minuscule tabouret finit par ruiner un dos, mais c'est autant de temps passé à se souvenir : se souvenir de son enfance dans le *djebel (montagne)*, des courses au son des alouettes, du clapotis de la rivière et du *klang* de la pioche de son père, de la sensation de la main qui caresse les épis de blé dorés sur la colline ou qui plonge dans le sac de graines et de ces trois couleurs distinctes, le rouge, le vert cru et le bleu dur (la terre, la palmeraie et le ciel). On entendait le bruit sourd des cascades. Les parfums du thym, de la lavande et des amandiers en fleurs, adoucissaient la fraicheur matinale. Parfois un vent tiède faisait crisser les palmiers dans les champs de coquelicots. C'était la magie de l'Atlas au printemps, un de ces instants d'ataraxie où la nature exultait. Cette parenthèse journalière, lui permettait encore de rêver de recettes élaborées, composées des ingrédients les plus raffinés, ou aussi de rêver à un merveilleux kaftan bleu que sa cousine Mouna la couturière saurait lui concevoir. Elle aurait placé sous sa poitrine une magnifique ceinture large, couverte de perles scintillantes.

Ces interludes où le temps s'arrêtait étaient à elle. Rien qu'à elle. Là, personne ne décidait à sa place. Dans le temple de son imagination, elle avait la liberté d'aller où bon lui semble.

XVIII

Un dimanche, très tôt le matin, Claire avait quitté la villa alors que tout le monde dormait encore. Les deux femmes avaient convenu de se rencontrer régulièrement, peu après le lever du jour. Le fait qu'elles fussent obligées de trouver un créneau horaire pour une même raison, révélait un premier point commun entre elles : des enfants étaient sortis de leurs ventres de mères, que cela soit à l'intérieur d'une maison en pisé ou dans une clinique privée. De part et d'autre, deux groupes d'êtres humains comptaient sur elles. Dans l'une des deux maisons, on petit-déjeunait de l'huile d'olive, du pain et du thé. Dans l'autre, des céréales industrielles et du lait en brique, mais à la même heure exactement, des bambins munis d'un sac à dos, décollaient du nid, pressant le pas pour ne pas être en retard. Les uns montaient dans une voiture, les autres allaient à pied. À l'heure de la cloche, séparés seulement de quelques kilomètres, ils s'installaient simultanément derrière des bancs d'écoliers et ouvraient leurs cahiers, attentifs.

Ce jour là, les Lefebvre attendaient des invités. En effet, régulièrement, des relations utiles étaient conviées à la villa de la Palmeraie. Ces repas avaient pour objectif de créer des liens intimes, bénéfiques aux affaires. Claire avait judicieusement composé l'assistance. L'assaisonnement était parfait. Quelques hommes d'affaires accompagnés de leurs épouses, une pincée de politiques, un zeste d'intellectuels. Pour agrémenter la journée, un ou deux couples *esthétiques* dont on n'attendait pas spécialement de conversation, enfin, quelques *people* histoire de faire jaser.

Claire devait être éblouissante et humaine à la fois, radieuse et aussi attentive. Elle rentrerait le ventre, lèverait le menton, baisserait les épaules et gonflerait la poitrine, ainsi que le lui avait recommandé son professeur de danse lorsqu'elle était petite fille. « Vous êtes belles, les filles ! Montrez-le !», criait-elle en tapant le bout de son bâton sur le plancher de bois. Sa robe serait classique, fraiche et sexy, elle saurait paraître cultivée, sans étaler sa science, lâcherait quelques bons mots, sourirait, tournerait la tête avec grâce, dirigerait ses employés parfaitement, baisserait la voix pour avoir l'air de faire des confidences, par moment, elle observerait calmement, afin de sembler mystérieuse et valoriserait ses convives en les sollicitant à tour de rôle. Elle saurait paraître très gaie, même si au fond elle ne l'était pas du tout. C'était très important de rire, afin de procurer un sentiment positif aux invités. L'inconscient collectif espère que le bonheur est contagieux.

Vers dix heures, de retour chez elle, à l'aise dans un peignoir en éponge, Claire se pressait dans la cuisine. Bien qu'ayant à leur disposition du personnel qualifié, lorsque l'on recevait, il était de bon ton de cuisiner l'un des mets soi-mêmes. Le fameux plat complétait le délicieux repas, mais avec le statut enchéri de star de la table. Aujourd'hui, ce serait une tarte salée.

Clair sautillait, se tortillait, soufflait et gémissait, en épluchant nerveusement des poivrons bouillants qui sortaient du four. Ajoutés à une courgette et beaucoup d'oignons confits, ils formeraient un genre de ratatouille, qu'elle mélangerait à des œufs, de la crème, du fromage et des herbes aromatiques, *du jardin* (détail que l'on ne manquerait pas de souligner au moment de la présenter à table).

Une boule de pâte, prête à être malmenée trônait sur le plan de travail.

Souvent, elle s'amusait à exercer sur son mari de petite manipulation gentille. Cela consistait à l'astreindre tendrement à l'aider en cuisine, afin de l'avoir tout à elle. Elle pensait que cet instant de travail manuel en commun forçait la communication. Une fois les mains bloquées au labeur, la fuite devenait impossible. Et puis ça forçait l'humilité. En effet, cette piqûre de rappel nécessaire, fixerait les pieds de son mari au sol, au cas où une poussée d'orgueil lui ferait oublier sa condition d'homme.

Nicolas, tranquillement installé dans un fauteuil, les pieds sur la table basse, lisait le journal. Elle ouvrit son peignoir et passa la moitié de son corps par la porte du salon, replia sa jambe nue, le pied pointé, façon Marilyne Monroe et lança d'une voix suggestive :

- Excusez-moi, Monsieur. J'aurais besoin d'un coup de rouleau !

Et elle s'échappa aussitôt en riant dans le couloir, sachant que cela éveillerait immédiatement chez son mari l'envie irrésistible de la poursuivre.

Quelques minutes plus tard, le rouleau à pâtisserie entre ses mains prises au piège, Nicolas s'efforçait de donner une forme à peu près normale à un fond de tarte. La pâte feuilletée collait au plan de travail en inox. Comme il était beau avec son tablier bleu ciel, les manches retroussées. Ses avant-bras étaient musclés. Ses belles mains armées, blanches de farine, s'évertuaient nerveusement à l'ouvrage. Alors qu'il se sentait ridicule, il n'avait pas remarqué le regard dont elle le couvrait, muette à côté de lui. Comme il était touchant ! Elle sentait des papillons dans son ventre en visualisant le garçon qui l'avait séduite au premier regard.

C'est ainsi qu'elle put enfin lui parler d'Ilhame. Il faisait vraiment preuve de bonne volonté en feignant de s'intéresser, mais en réalité, son esprit était ailleurs. En réalité, à ce moment précis, son esprit gravissait les courbes des cours du sucre. Impossible pour lui d'écouter sa femme, ses palabres parvenaient à lui comme un bourdonnement. De temps à autre, il réussissait à sortir de ses pensées pour répondre un *ah* ou un *hunhun*, plus ou moins à propos. Tout à coup, un éclat de voix le fit émerger.

- Bon ! Tu m'écoutes là ? Elle est belle ! Magnifique ! Elle aurait grandi en France, bien prise en main : avec un appareil dentaire, un bon coiffeur et quelques heures de danse classique, je te jure, elle aurait pu être mannequin.
- Ah oui ?
- Tu aurais vu son visage l'autre jour ! Elle avait honte, ça se voyait, elle tournait la tête pour ne pas que je la vois.
- Claire sursauta brusquement en posant la main sur ses lèvres :
- J'espère que ses enfants n'ont pas vu la scène !
- Ah !

Nicolas haussait les sourcils en dodelinant de la tête, l'air pas très concerné. Tout en parlant, Claire ciselait un bouquet de basilic dans un verre à moutarde.

- Alors ? Qu'est-ce que tu en penses ? C'est incroyable non ? À mon avis, ça fait longtemps que ça dure ! Tu te rends compte ? Comment tu veux qu'elle divorce la pauvre ? Et que deviendrait-elle ensuite ? Mais tu sais, il y en a tellement comme elle... à mon avis.

- Mais elle t'a dit que c'était lui qui lui avait fait ça ?

- Ben non ! Tu penses bien ! Comment tu veux qu'elle me le dise ? Déjà elle a honte et puis elle ne parle pas français. Et j'ai bien compris que Mina n'avait pas envie que je m'en mêle. Mais tu vois, cette peur du *qu'en dira-t-on*, ça fait le jeu des maris ! Ça leur va bien, tout ça !

Lorsque le couple était à l'abri des regards, comme par flemme, leurs phrases se dispensaient naturellement d'éléments superflus. On élaguait, comme si les efforts verbaux pour adopter un langage châtié, en bonne société étaient abandonnés le temps d'un répit.

Pour l'heure, le basilic n'était plus qu'une purée dans le fond du verre, tellement Claire s'acharnait, distraite.

- Laisse tomber. C'est pas tes oignons. Elle a raison ta Mina, reste à ta place. Ils ont pas les mêmes codes que nous. Elles sont habituées, ces femmes. Elles prennent sur la gueule du matin au soir. Ça les empêche pas d'en être folles, de leur bonhomme ! Elles oublient juste après.

126

Là, exaspérée, Claire pausa violemment les outils de cuisine sur la paillasse.

- N'importe quoi ! Le cliché de merde ! T'as pas honte ? Il paraît qu'avant leur mariage, ils ne se voient que deux ou trois fois et sous surveillance encore ! C'est pour veiller sur l'honneur de la fille ! Ils ne peuvent même pas faire connaissance, tranquillement, savoir s'ils se plaisent ou s'ils se dégoûtent... Statistiquement, elles ont autant de chance de tomber amoureuse du mec que si elles avaient épousé le premier passant dans la rue. Le premier ! Au hasard ! Un vieux, un con, un crade... n'importe lequel. Et là, obligée de passer ta vie entière avec lui ! Dormir dans le même lit toutes les nuits jusqu'à la mort. T'imagines ou pas ?

- Mais pourquoi tu t'intéresses à tout ça. Tu veux faire des tapis sympas ? ok ! Mais ne fait pas entrer de l'humain là-dedans, parce que sinon, tu vas plus t'en sortir. T'es trop sensible, trop curieuse. Chacun sa vie, chacun ses histoires. Tu vas pas changer la planète.

Nicolas s'approcha lentement de Claire, les mains pleines de farine et l'entoura de ses bras, en prenant garde de tenir les doigts éloignés. Il lui chuchota à l'oreille d'une voie suave.

- Tu ferais mieux de t'occuper de moi plutôt. J'ai un grand besoin qu'on s'occupe de moi.

Claire éclata de rire, l'embrassa. Puis on reprit la pâte véritablement massacrée, on versa l'appareil sans basilic et on enfourna le tout à la hâte. Il était temps de se faire beaux, les invités seraient là dans une heure.

XIX

À l'instant où la touche de Shalimar toucha sa poitrine, les pupilles de Claire prirent la forme de celles d'une vipère. Quiconque la connaissait vraiment, savait qu'un tel parfum ne lui ressemblait pas, mais pour l'occasion, pour le rôle de composition qu'elle s'apprêtait à interpréter, c'était parfait. Elle était prête.

Elle passa la maison toute entière en revue, en suivant un protocole systématique, pièce par pièce, scrutant chaque objet. Ici, elle réajustait le positionnement des rideaux, là elle faisait bouffer un bouquet de fleurs, enfin, elle lissa la surface des coussins sur le canapé. Partout elle vérifiait la poussière du bout du doigt. Elle apportait un soin particulier aux toilettes, faisant de ces espaces primordiaux de vrais salons. C'était crucial car un invité, assis sur le trône, prendrait le temps d'observer les moindres détails et juger la moindre faute comme étant révélatrice de la manière dont la maison toute entière était tenue. Petites serviettes brodées au nom de la villa Tifawine disposées dans un seau en maillechort, savon artisanal aux fragrances exceptionnelles dont elle seule connaissait le créateur, crème précieuse pour les mains, papier toilette plié en pointe à son extrémité, lumières indirectes et bougies. Dans la maison et le jardin, d'énormes bouquets de roses anciennes étaient savamment disposés. La décoration de table mêlait l'esprit classique des trousseaux anciens et l'orientalisme de la dinanderie marocaine. À l'ombre des oliviers, des chapeaux de palme tressée ornaient les transats, aux pieds desquels, des *foutas* vert amande étaient délicatement pliés. Les lauriers embaumaient. Le personnel portait un uniforme noir, col et tablier blanc. Tout était parfait. Elle soupira d'aise en admirant le tableau, puis mit un air de bossa nova.

Un moment plus tard, le brouhaha s'élevait d'entre les arbres du jardin. Une vingtaine de convives semblaient s'y distraire agréablement. Pierre, un gros monsieur chauve et rose, était un ancien secrétaire d'état au commerce extérieur de la France. Renversé dans son fauteuil, il avait déboutonné le col de sa chemise, exhibant sa prodigieuse bedaine, il luttait contre un terrible sommeil. Trois femmes blondes outrageusement rénovées, s'étaient réunies en bout de table. Elles débattaient sur la pertinence d'une injection d'acide botulique sur la ride du lion chez l'homme de plus de soixante ans. Alberto l'italien, était ancien mannequin. Il dirigeait depuis peu un établissement de nuit en vogue, ce qui lui conférait l'aura de *celui qui sait* les manières non avouées des

Jet setters. Galvanisé par son auditoire, il parlait haut, ivre du plaisir d'être admiré. Il se ventait entre autres de connaître parfaitement la vie privée d'un fameux parrain de la mafia, volant ainsi la vedette à Michel, magnifique spécimen soixantenaire, *surmusclé* et *surbronzé*, qui empestait l'eau de Cologne bon marché. À sa grande surprise, chacune de ses interventions passait à la trappe. Lui qui occupait habituellement tout l'espace vocal ! Samira sa poupée du moment, fixait Nicolas de manière explicite, battant dans sa direction des cils de biche orientale. Seule au milieu de tous, la tête appuyée sur le poing, Lyne (actrice dépressive en pause de longue durée) derrière d'immenses lunettes noires, fixait silencieusement son verre. Pendant ce temps, un petit homme maigre et blafard à fines moustaches nommé Rodolphe, contait à son voisin, sa dernière chasse à l'ours polaire. Son interdiction rendait l'aventure encore plus attractive.

- Passionnant ! Je ne l'ai trouvé qu'au bout de trois jours de marche. Je ne saurais décrire l'intensité du moment où nos regards se sont croisés ! soulignât-il.
- Et vous l'avez eu ? demanda une blonde.
- Bien sûr ma chère.
- Et qu'avez-vous fait du corps ?

- Malheureusement, impossible de le ramener. J'aurais rêvé l'avoir dans ma salle des trophées, en Sologne, mais impossible de passer la douane de l'aéroport avec un tel fardeau.

- Claire, sais-tu que notre ami a une salle de trophées extraordinaire ? Souligna Nicolas. Il est très connu dans le milieu des initiés. N'est-ce pas Rodolphe ?

- Oui, on dit ça, concédât-il en se caressant fiêrement la moustache.

Nasser et son cousin Samir, les Koweitiens, observaient tout ce petit monde sans mot dire, l'air amusé.

En chefs d'orchestre, Nicolas et Claire animaient le tout. Lui, remplissait les verres et guidait les sujets de conversation. Elle, synchronisait la cuisine et le bar, par de simples regards et quelques gestes discrets.

Soudain, il sembla judicieux à Nicolas, d'introduire *le* sujet tendance. C'était sa *séquence authenticité* :

- Savez-vous quel est le dernier passe temps de ma femme ?

Claire se leva brusquement. Sa gorge se serra. Elle sentit son cœur battre dans ses tempes. Quelle intrusion ! Une douche froide. Elle ne pouvait supporter de laisser entrer cette bande d'imbéciles dans son autre univers.

- Raconte chérie. C'est passionnant. Je vous assure, mon épouse est une sainte.

- C'est vrai ? Lança une des femmes tambour. Tu t'es trouvée une activité ? C'est passionnant ma chérie ! De quoi s'agit-il ?

- Oui, heu… je fais fabriquer des tapis dans le douar, là derrière. Une tisseuse réalise ce que je dessine. C'est très beau.

Ce n'était pas la peine de leur dire qu'elle n'en était qu'au début et qu'elle n'avait aucune idée de ce que ça allait donner. Surtout ne pas se dévaloriser ou laisser transparaitre le moindre manque de confiance en soi.

- Mais c'est formidable ! s'extasia sa consœur. J'adooooore les tapis ! Justement, j'en cherche un pour l'appartement de mon fils à Genève, dit la première.

- C'est du commerce équitable, fait main, écolo, bio et tout et tout en somme ?

- Mais dis-moi, comment fais-tu pour converser avec ces gens ? Parlent-ils français au moins ?

- Heu…

- Tu n'as pas peur ? Mon Dieu, j'admire ton courage. Ils sont tellement sales. Ils vivent dans les ordures. C'est effrayant !

- Non non, ça va.

Soudain Claire manquait de verve. Elle n'avait pas envie de s'exprimer plus avant sur le sujet et puis elle devait se montrer indulgente avec ses gens, car il fallait l'avouer, elle même, un mois plus tôt, avait été inquiète en approchant du petit village.

- Alors, tu pourrais m'en faire un ?
- Hmm, difficile, je…

La femme s'adressa à l'assistance :

- Parce que justement, je voulais faire la surprise à mon fils. Il vient de se marier. Sa nouvelle femme a très mauvais goût, la pauvre. Elle n'aime que le gris. Le gris, le gris, le gris… C'est d'une tristesse ! J'avais pensé à un *lie-de-vin*. Qu'en penses-tu ?

N'ayant aucune envie de subir les exigences perverses d'une narcissique désœuvrée, Claire bloqua toute éventualité de commande, prétendant le planning saturé sur six mois. La structure de fabrication étant si petite. Tu parles ! Si elle savait de quoi à l'air ma structure de fabrication ! Nicolas lui adressa un regard surpris et amusé. Elle lui répondit d'un sourire forcé, accompagné de battements de cils bien entendus. Une fois de plus, nul besoin de mots entre eux. C'est à ce moment que le vieux beau choisit de se faire enfin remarquer.

Il paraît que ces femmes, malgré le manque d'argent, arrivent à trouver les moyens de venir mettre bas en France et profiter du droit du sol, intervient le vieux beau avec condescendance.

- *Mettre bas* ! n'exagérons rien Michel, on dit ça pour les chiens quand même ! s'indigna Samira.
- Mais Mimi, je dis ça pour rire. Tu sais bien que toi, c'est pas pareil.
- SA-MI-RA ! Quelle horrible manie que de chercher des surnoms à consonance française pour rendre un prénom oriental plus acceptable. Claire se demandait si c'était son propre racisme ou son orientalisme que Michel n'assumait pas. Elle s'imaginait lui jeter sa coupe de champagne au visage. Imbécile ! Quoi qu'il en soit, elle ricanait intérieurement en voyant la jeune brune sexy qui croisait les bras, l'air courroucé. Toi, mon vieux, ce soir tu peux oublier ta gâterie. Elle va te le faire payer ta tigresse. Et demain, t'es bon pour un sac chez Vuitton.

Le soir venu, fraîchement douchée, assise sur le lit, Claire choisissait un vernis à ongles, dans une boite. Une serviette de bain blanche nouée sur les cheveux, elle redressa la tête pour s'adresser à Nicolas.

- En fait, je crois que je les déteste. Quelle bande de nazes ! Je me demande souvent comment certains ont tellement réussi en étant à ce point stupides.
- Ne sois pas dure, comme ça ! Je ne te demande pas d'être leur meilleure amie. Je ne t'ai jamais obligée à passer un mois en

bateau avec l'un d'entre eux. C'est juste le temps d'un repas. Tu fais semblant quelques heures et c'est fini. D'ailleurs je te félicite pour cette journée. J'étais fier de toi.

- Merci, dit-elle agacée.
- La semaine dernière, le Nasser, il m'a quand même invité dans un palace, pour me présenter le franchisé Carrefour à Dubaï.
- Je sais bien, mais depuis quelques temps, j'ai l'impression qu'on vole des moments précieux à nos enfants, à notre famille, à nous même. Regarde, aujourd'hui on se serait régalé à ne rien faire, juste tous les quatre, à passer le temps. Cette maison est magnifique, c'est vrai, mais je ne te vois jamais. Tu es toujours en déplacement, au bureau et même le dimanche, nos invités sont des relations de travail.

Nicolas la rejoignit dans le lit et saisit la télécommande.

- Et si on arrêtait tout ? On pourrait peut-être se fixer une limite. Un palier au delà duquel tu vendrais Loomi. Tu placerais l'argent, on arrêterait le temps, on regarderait nos fils grandir, on parlerait avec eux, on les écouterait, on voyagerait, on construirait une petite maison vue sur mer, pas très loin d'une bonne université, on ferait du sport, des projets...

À ses côtés, Nicolas n'écoutait déjà plus. La télécommande à la main, le menton sur la poitrine, il ronflait.

XX

Dans le jardin d'hiver, Claire consultait un ouvrage sur la signification des symboles berbères. Elle était stupéfaite de discerner une véritable philosophie derrière ces dessins, somme toute très primitifs. Ils étaient emprunts de morale, de soucis d'égalité et de respect de notre mère Nature. Elle découvrit derrière ce langage, le reflet d'une civilisation structurée et l'âme d'un peuple ayant compris il y a bien longtemps, la dualité de l'univers. Le matériel et l'immatériel, le céleste et le terrestre, s'associaient sans jamais s'opposer ou se hiérarchiser et trouvaient leur liaison dans l'être humain. L'un des signes récurrents était l'Homme debout. Composé d'un segment vertical et de deux arcs de cercles, ce signe représentait l'humanité en marche, érigée, luttant pour survivre. Les bras tendus, il soutenait la sphère céleste. Il était l'être spirituel et aussi l'homme terrien, les jambes d'aplomb sur le sol qu'il parcourait et qu'il fécondait. Quelle merveille ! Claire était fascinée. Il incarnait l'ambivalence de l'être. L'homme debout, pieds posés sur la terre, bras soutenant le ciel, reliait le monde d'en bas et le celui d'en haut, entre l'infiniment grand et l'infiniment petit. La tête relevée, les bras ouverts pour recevoir pluie ou bénédiction, récoltes ou connaissance. Ses trois pieds assuraient la stabilité sur la terre matrice fécondée. En parfait conducteur, il recevait l'eau pour ensuite irriguer, semer. Il prenait du haut pour transmettre vers le bas. Vecteur de devoir, de respect, d'humilité, il valorisait le travail pour l'équilibre d'un tout. Comment une civilisation si ancienne avait-elle pu développer une pensée si complexe, si juste ? Claire découvrit une foule d'autres signes, tels que la tortue, le lézard, l'hirondelle, le serpent... elle se demandait si les tisseuses avaient la moindre idée du sens profond de ces allégories ou si cette science était tombée dans l'oubli.

Claire imaginait une forme de fraternité, entre elle et sa tisseuse. Une amitié qui tiendrait lieu d'exemple pour le reste du monde, non pas entre l'Orient et l'Occident, mais plutôt entre deux peuples, dont l'un a un mode de vie basé sur la consommation et l'autre plus proche de ses racines. Personne ne savait ce qui se passait entre les quatre murs de la petite cour et pourtant c'était tellement important ! Sous couvert d'artisanat, deux univers se rencontraient. Le lien, c'était la féminité. Cette féminité belle, forte et créatrice.

Voilà le véritable enjeu, au bout du chemin qu'elle était en train de parcourir ! Finalement, les tapis n'étaient que le prétexte. Le but était la découverte cet univers géographiquement si proche et culturellement si lointain. En parlant de ses tapis elle établirait un pont et se ferait témoin. Pour une fois, les outils de communication publicitaires n'auraient pas qu'un but lucratif, ils serviraient également à militer pour une cause. Il s'agirait d'expliquer qu'acheter un tapis est un engagement, pas seulement un acte de consommation à la mode, mais bien un message venant de la terre, écrit par les femmes, de prouver que nous ne sommes pas notre religion, ni notre mode de consommation, mais bien des personnes capables d'amour fraternel et d'empathie. Un tapis artisanal nous relie au passé, à la tradition et à l'humain, aux valeurs de patience et de travail.

- Mais comment transmettre un tel message ?

XXI

Un samedi, Claire se rendit au village sans avoir annoncé sa venue. En tirant sur le frein à main, elle aperçut deux silhouettes familières qui s'éloignaient sur un chemin devant elle. L'une d'elles était Mina, avec sa djellaba fleurie. L'autre portait un niqab noir et à la main, une petite bassine de plastique rose.

- Hé ! Mina !

Elles se retournèrent et attendirent que Claire les rejoigne en courant. Après avoir embrassé essoufflée la première, elle s'avança vers la seconde, ne sachant trop quelle attitude adopter. Elle fût particulièrement étonnée d'entendre une voix familière provenir de la masse noire qui se penchait vers elle. C'est à ce moment qu'elle reconnut un regard souriant derrière la fenêtre de tissus noir.

- *Salam*, dit-la femme.

Même après six mois de fréquentation, elle ignorait l'existence de ce niqab. En fait, l'occasion de rencontrer Ilhame en dehors de son foyer ne s'était jamais présentée. Ce qui la surprit plus encore, c'était que la sensation de rempart, d'attaque contre le peuple féminin tout entier, contre ses valeurs de liberté et d'égalité, contre l'Histoire même de la femme occidentale, ne semblait pas gêner Ilhame. Une main gantée apparut pour saisir la sienne et lui témoigner sa joie de la voir. Claire tentait de reprendre contenance quand Mina intervint :

- Alors ? dit-elle, chaleureusement. Tu viens nous voir ?
- Je viens voir comment avance le dernier tapis. Comme il est très difficile, plutôt que de devoir défaire et refaire... Où alliez-vous comme ça ?
- Au Hammam.
- Ah bon ? Il y a un hammam ici ? Claire n'avait jamais songé à l'hygiène corporelle en ces lieux. En effet, elle n'avait pas vu de salle de bains dans les maisons. Mais les seuls hammams qu'elle connaissait étaient ceux des palaces, immenses, en marbre, mosaïque ou tadelakt soyeux, agrémentés de fontaines, de pétales de roses, de bougies parfumées et de musique enivrante.
- Je peux le visiter ?
- Le visiter ? Mina éclata de rire. Quand elle traduisit la question de Claire, les deux femmes rirent en cœur. Mais ça ne se visite pas ! Tu peux venir avec nous si tu veux.
- Avec vous ?

Claire stupéfaite, resta interdite, le temps nécessaire à son imaginaire pour interpréter cette proposition. Si je refuse elle vont s'offenser. Mais c'est très impudique comme situation ! On ne se connaît pas assez. Et puis je n'ai pas très envie de les voir nues, ni de me montrer d'ailleurs. Et je ne sais pas trop ce qu'il faut faire. Si je gaffe, elles se moqueront de moi. Je pourrais même les blesser !

- Qu'est-ce qu'il y a ? T'as peur ? On va pas te manger tu sais.
- Oui, c'est que chez moi, même entre femmes on est pas très à l'aise avec la nudité.

Face aux deux visages qui se regardaient d'un air entendu, Claire mal à l'aise gloussa. Soudain, sans se rendre compte que les mots sortaient de sa propre bouche, elle s'entendit dire :

- D'accord.

L'unique hammam du village accueillait les femmes le matin et les hommes l'après midi. Il ne s'agissait pas d'un bâtiment à l'architecture mauresque imposante. Pas de grosse porte sculptée, pas de dôme. Le lieu se situait au bout d'un chemin, à l'orée du village. On poussait un portillon de planches décaties, tenu par du fil de ferraille. Derrière, se trouvait une sorte de cour en terre battue remplie d'animaux de ferme appartenant probablement à la tenancière des lieux, Bahija. Cette femme sans dents, était la plus fortunée du coin. Mina disait qu'elle possédait une dizaine de maisonnettes, trois locaux commerciaux et aussi les bains publics. En plus de tout cela, elle paraissait fort bien fournie en bestiaux.

Une fois la basse-cour franchie, on atteignait une cabane de chevrons et de canisses. Le tout était recouvert de grandes bâches publicitaires recyclées. Dessous, pas de carrelage mais de la terre battue, des poules et deux bancs de bois.

Lorsque les trois femmes entrèrent, Bahija laissa retomber la bâche derrière elle. Claire avait mille questions mais elle se tut. Maladroite, elle ne savait où se placer. Elle choisit d'observer ses consœurs sans mot dire et de les imiter.

On s'assit sur les petits bancs afin de retirer les chaussures, puis on se déshabilla en prenant garde de ne pas laisser traîner les vêtements par terre. Les deux brunes gardèrent leurs culottes et enveloppèrent leur corps de drap de bain coloré. On en tendit un à Claire. Et là ? On fait quoi maintenant ? Se demanda t-elle.

Pour l'heure, elle n'avait toujours pas vu de construction pouvant ressembler de prêt ou de loin à un hammam. Elle était là, pieds nus dans la terre, la serviette roulée entre les bras. Soudain, une poule traversa bruyamment la cabane, lui passant entre les jambes, ce qui augmenta le sentiment de ne pas être à sa place.

La vieille édentée lui agrippa la main et la guida jusque devant un mur au centre duquel se trouvait une petite porte carrée en hauteur. Ce placard devait probablement contenir les objets nécessaires à la toilette. Contre toute attente, la porte s'ouvrit sur une pièce surélevée. Le Hammam était là. C'était un simple cube de ciment, d'environ deux mètres de côté. Il fallait grimper à l'intérieur. La vapeur provenait d'un trou dans le sol. Au plafond, un morceau de verre rond apportait la lumière. Les deux filles, excitées et joyeuses, étaient fières de faire découvrir ce rituel fondamental. Elles prirent place dans le cube avec Claire. La porte se referma. C'était amusant d'être serrées, comme des petites filles cachées.

Dans le champ voisin, un paysan stoppa son travail et se redressa. Que se passait-il au hammam pour qu'on entende de pareils rires ?

- Tu ne connais pas le hammam ? Comment tu te laves alors ?
- Tous les matins, chez moi. Mais nous, on ne se frotte pas le corps comme vous. On se savonne et puis on rince.

Ilhame écoutait attentivement, essayant de capter quelques mots au vol pour saisir le sens. Elle ne comprenait pas tout et demandait sans cesse à Mina de traduire, en lui secouant le bras, impatiente. Celle-ci lui expliqua que Claire ne se lavait pas dans un Hammam, qu'elle faisait ça seule dans une pièce chez elle. Personne, à la connaissance d'Ilhame, n'avait d'eau

144

chaude chez elle. C'est pourquoi elle imaginait Claire, s'évertuant à improviser une toilette en plein hiver à côté d'un robinet d'eau froide qui ressemblait au sien. Stupéfaite puis compatissante, elle soupira d'un air catastrophé et dît en arabe:

- La pauvre !

Claire, de son côté, ne comprit pas la contrariété d'Ilhame. Cette situation absurde était comique. Elles rirent à nouveau.

- Nous, les Occidentales, sommes peu vêtues dans la rue, mais plus pudiques dans l'intimité. Les françaises ne sont pas aussi à l'aise que vous l'êtes entre vous. Chez moi, des femmes nues qui se coiffent ou se crèment, seraient perçues comme étant homosexuelles.

- C'est vrai ? Mais ils sont fous dans ton pays. Plaisanta Mina.

Les deux berbères étaient très étonnées mais aussi très heureuses de percer cette curieuse culture qu'était celle de Claire. Quand elles raconteraient ça aux voisines !

L'occasion était venue de briser les clichés. On posa toutes les questions que l'on gardait pour soi jusqu'alors, de peur de se faire mal juger. Sans introduction ni transition, Claire se lança :

- Mina. Je me demande souvent... c'est quoi l'amour pour vous ? Est-il vrai que vos maris sont choisis par vos familles ? Est-ce que vous tombez amoureuses parfois ?

- Amoureuse ?

Mina ne se posait pas souvent la question. Elle réfléchit un instant, fit la moue et répondit.

- Ça dépend des femmes, ça dépend des familles, de l'éducation et aussi ça dépend de où on vient. Dans la tradition Berbère, on est plutôt libre. Par exemple chez moi, à Imilchil, il y a une coutume. Chaque année, pendant les trois jours du Moussem (*fête annuelle régionale au Maghreb*), on dit que les filles et les garçons peuvent se choisir librement et s'épouser comme ils l'entendent, sans se préoccuper des projets de mariages arrangés de leurs parents.
- C'est romantique !
- Icham, mon mari à moi, c'est mon amoureux. Je l'adore ! *Hamdoullah*, j'ai beaucoup de chance.
- Je continue mes questions. Pardon Mina si je suis indiscrète. Est-il vrai que vous n'avez pas le droit de vous mettre à table avec les hommes ?

Mina traduisit aussitôt la question de Claire pour Ilhame. Elles éclatèrent de rire à nouveau. Elles étaient très amusées d'avoir l'occasion d'analyser leurs traditions. Toutes ces choses étaient si naturelles, qu'elles n'y avaient jamais prêté attention. Après une brève concertation en arabe, Mina livra sa synthèse :

- Chez nous, l'homme et la femme sont tout le temps séparés. Nous n'aimons pas faire les mêmes choses. Nous, les femmes berbères nous vivons ensemble. Nous n'avons pas envie d'être avec les hommes. Ils ne parlent que d'argent ! On n'est pas comme eux, on est joyeuses et on fait beaucoup de bruit.

- On se dispute aussi, mais ça ne dure jamais très longtemps. Les hommes ont un peu peur d'être avec nous. A chaque instant on rit, on chante, on fait le rythme avec un verre à thé sur un plateau de métal, ou avec un caillou sur la table. Nous parlons fort. Nos enfants dorment dans ce boucan et les hommes, pensent que leurs femmes sont un peu folles. Ils ont raison, d'ailleurs. Nous parlons de tout sans honte. Nos mots de sexe sont même un peu forts parfois. Si tu comprenais, tu deviendrais toute rouge !

- Et Ilhame, que pense-t-elle de son mari ?

  Mina lui posa la question. Ilhame changea de visage. Le regard réprobateur, elle posa l'indexe sur la bouche de Mina et lui fit *non* de la tête.

- Hchouma !

  Mina repoussa gentiment sa main et lui saisit le menton.

- Elle le déteste. Ilhame dégagea violemment son visage et lui gifla la main. Elle m'en veut de te dire ça, parce que ça ne se fait pas. On ne dit pas de mal de son mari. Ça porte la honte. Mais c'est vrai qu'elle est très malheureuse. Il ne rapporte presque pas d'argent et en plus il n'est pas gentil avec son fils.

L'argent on ne sait pas ce qu'il en fait. Il part très longtemps pour travailler et parfois il rentre avec presque rien. Et Omar est malade. Elle se fait beaucoup de souci pour lui. Pour bien le soigner, il faut de l'argent.

Claire prenait garde de ne pas la couper, car on entrait délicatement dans le vif du sujet. C'est ce qu'elle voulait entendre depuis longtemps. Elle en avait mis du temps, à les apprivoiser !

- Elle est très pauvre à cause de lui. On avait dit à ses parents qu'il serait un bon mari travailleur et finalement c'est un menteur qui ne lui donne rien. Il les laisse seuls tout le temps. C'est aussi un mauvais croyant, car il rejette Omar. On ne doit jamais refuser le choix de Dieu. Comment vous dites ? C'est un *péché*.

Mina était lancée. Elle n'avait jamais fait preuve d'une telle verve. Ayant consacré des heures à écouter les plaintes de son amie, elle n'avait pas besoin de l'interroger pour les traduire. Elle connaissait le dossier par cœur.

- Et puis il n'est pas gentil avec elle. Il est violent. Quand il rentre souvent, il la frappe. À quoi ça sert un mari pareil ? Elle serait mieux toute seule.
- Pourquoi ne divorce t-elle pas ?
- Parce que c'est impossible.

- Non, j'ai lu que c'était possible. La loi l'autorise au Maroc.
- Oui, dans la loi, pas dans la vie. Où irait-elle ?
- Je ne sais pas moi. Chez ses parents.
- Non, ce serait la honte sur eux ! Et comment elle trouverait l'argent pour ses enfants ? Elle n'aurait nulle part où aller.

Que dire de plus ? Rien. Il ne semblait pas y avoir d'échappatoire. Un silence se fit. Dans le calme, les mains posées à plat devant elles, les trois femmes nues assises en tailleur sur la chape de ciment, regardaient à présent le sol. L'heure était venue de se taire pour retourner au corps. La lumière du hublot descendait sur les crânes luisants. Les bouches invisibles des visages noirs, soufflaient dans la vapeur lourde. *Ploc, ploc.* Le bruit des gouttes d'eau résonnait dans la cellule. Parmi elles, des larmes.

XXII

Les talons aiguilles s'enfonçaient profondément dans les épais tapis rouges de la Mamounia. C'était le parcours du combattant version glamour. Perchée sur de fins bâtonnets de douze centimètres, digne, Claire devait atteindre l'extrémité de l'immense enfilade de salons et de corridors, sans tomber. Au fur et à mesure de la progression, se sentant encouragée par les regards flatteurs autour d'elle, elle poussa le risque jusqu'à tenter la démarche croisée des top modèles. Comme à son habitude, elle donnait le change, pour entrer dans le costume inconfortable de femme objet. Apparemment très à l'aise et souriante, à l'intérieur, elle tremblait comme une feuille. Les lumières tamisées des abat-jours plissés, le velours rouge des fauteuils et le concert de jazz créaient une atmosphère feutrée délicieuse. Tout au bout, une immense porte vitrée Art déco s'ouvrait sur une terrasse. De grands hommes en blanc, vêtus de capes et de tarbouches les ouvrirent sur son passage. Dehors, les bougies disposées sur une quinzaine de tables, préservaient l'intimité de chacune. La faiblesse de leur éclairage força Claire à scruter les visages pour distinguer celui de Nicolas qui l'attendait probablement.

Soudain, une voix familière :

- Bonsoir. Tu es très belle.
- Merci. Elle s'installa en face de lui et croisa les jambes. J'adore cet endroit. C'est juste pour nous deux, cette petite soirée, ou tu as convié du monde ?
- Juste nous. Ce soir, c'est juste pour nous.
- Parfait.
- Elle regarda les arbres immenses et noirs au-dessus d'eux : les palmiers, les oliviers géants. Puis elle baissa les yeux et vit l'homme élégant en face d'elle.

- As-tu fait bon voyage ?
- Oui, très bon. Je n'ai pas vu le vol passer. J'ai tapé durant trois heures pour rédiger un contrat.
- Un contrat de quoi ?
- Un contrat de vente. C'est pour fêter ça que je t'ai demandé de me rejoindre ici.
- Fêter la vente de quoi ? Dis-moi.
- J'ai peut-être vendu la boite. Un saoudien m'a contacté. C'est pour ça que j'étais à Paris. Je ne voulais pas t'en parler avant que ce ne soit concret. Qu'est-ce que tu en penses ?
- Je ne sais pas. Tu as fait tes comptes ? Combien te propose-il ? C'est toi qui dois me dire si c'est bien.

- Disons qu'il m'offre de quoi construire ta petite maison avec vue sur mer et un projet de vie qui va avec.

- Il avait donc écouté, l'autre soir. Elle qui regrettait de s'être laissée aller à la sensiblerie.

- Il te faut un délai de réflexion ! Tu as combien de temps pour répondre ?

- Dix jours. Je dois donner ma réponse le quinze, avec une proposition de contrat. C'est pour ça que je me presse de rédiger un brouillon avant de l'envoyer à l'avocat.

- Claire avait prévu d'aborder le sujet d'Ilhame, mais là, ça tombait très mal.

Elle voulait convaincre Nicolas de financer la construction d'une maisonnette pour elle et ses enfants, afin qu'elle ait un refuge pour divorcer sans crainte. Pour l'heure, ce serait impossible d'inspirer la moindre empathie. Elle savait que son homme fonctionnait par dossiers ouverts ou fermés. Jamais deux en même temps. Elle commanda au garçon un Gin tonic et suivit avec intérêt les propos de Nicolas jusqu'au moment de quitter la table d'apéritif pour rejoindre celle du diner.

Comme d'habitude, il choisit un foie gras et Claire, un *Vitello Tonnato*. Il était urgent de trouver une solution. Comme dans une partie de Mikado, elle devrait user de subtilité pour obtenir l'aide de son mari. Elle choisit le moment où le serveur posa les assiettes sur la table pour se lancer.

- Mon chat, j'ai une petite parenthèse à ouvrir et à refermer rapidement avec toi.

Le visage de Nicolas se figea. Il connaissait bien la femme qui jouait machinalement avec sa fourchette en face de lui.

- Je t'écoute.
- Tu sais, Ilhame ?
- Qui c'est Ilhame ? C'était sa manière de refuser l'entrée de « ces gens » dans son intimité.
- Ma tisseuse, la belle Ilhame. J'ai bien réfléchi. Je souhaiterais l'aider à quitter son mari.
- Et…?
- Je pense qu'elle est en danger, tu sais.

Dès lors, comme à son habitude, elle ne put s'empêcher de débiter un flot d'informations décousues pour en dire un maximum avant qu'il ne l'interrompe.

- Il lui faut un endroit où aller. Si elle demande le divorce, elle sera mal venue chez ses parents. « La honte pour sa famille ». Elle n'a pas les moyens de se loger et encore moins de subvenir aux besoins de ses trois enfants, seule. Pour payer un loyer, il lui faut un emploi, pour cela, elle doit faire garder Omar. C'est impossible. Tu comprends ce que je t'explique ?

Je te parle de petits montants. Chéri, ce n'est pas grand-chose pour nous ! S'il te plaît.

Tout en parlant, elle pensa en observant Nicolas, qu'il ne lui pardonnerait pas d'avoir sali sa belle soirée avec ses enfantillages malodorants.

Lui, était bien décidé à ne pas se laisser amadouer. Il n'écoutait pas. Faussement souriant, bien callé dans son fauteuil, il laissait glisser la musique des mots. Il focalisait sur l'aspect visuel de la scène : devant lui, la robe fourreau noire dégageait un profond décolleté doré généreux, dans lequel venaient se perdre quelques longues mèches rousses. Une vrai Star ! Mais plus sexy encore, c'était sa force de conviction. C'est pour cela qu'un jour son attirance pour elle était devenue de l'amour. Parce que derrière ce physique de poupée, il y avait une femme engagée et persuasive. Pourtant cette fois, hors de question de jouer le jeu de ces profiteurs, qui utilisaient sa femme. Cette fois, elle dépassait les bornes avec ses lubies ! Elle a vraiment le don pour se pourrir la vie avec des problèmes qui ne sont même pas les siens, pensait-il, alors que je lui offre une vie si simple ! Elle n'a qu'à s'occuper de moi, des enfants, de se faire belle et de sourire. On ne lui demande rien d'autre ! Mais non, quand c'est trop simple, il faut qu'elle complique !

Pour capter son attention, elle donnait toute son énergie. Elle parlait clair, donnait des détails, mimait les expressions adorables d'Omar, serrait les poings, puis joignait les mains, levait les yeux au ciel, puis tapait de l'index sur la table. Le souffle court, elle se tut enfin, prit la main de Nicolas et fit son fameux regard de biche. Optimiste, elle attendait sa réponse. Ça avait souvent marché.

- Qu'est-ce que tu proposes ? De les prendre à la maison ? On lui ferait une place dans notre lit, à ta tisseuse, si tu veux.

- Arrête de te moquer de moi ! Minaudât-elle. On peut lui faire construire une toute petite maison pour presque rien. Tu sais, ce n'est que deux dalles et quelques parpaings. Il n'y a qu'une pièce et une petite cuisine à bâtir. Ça ne coûterait guère plus que notre cabane à outils.

- On voit que tu es habituée à ne jamais rien payer. Ou plutôt à ne jamais rien gagner. Rien n'est cher pour toi. Tout est facile.

Le sentiment d'humiliation envahit son ventre, ses clavicules et ses tempes dans un fourmillement, mêlé de sueur froide.

- Figure-toi que je n'y suis jamais allé dans ton village, mais je me doute que des Ilhame, il y en a dans toutes les maisons. Tu pourrais construire un deuxième village à côté du premier. Non ! On a qu'à doubler tous les villages du pays ! Non, du Monde ! Dis-moi, tu t'arrêtes où ? Le Monde entier a besoin

155

d'aide, mais on ne peut pas sauver tout le monde. La vie a fait que tu as de la chance et qu'elle en a moins. C'est comme ça. Occupe-toi de ta petite personne, crois-moi tu as suffisamment de boulot comme ça.

Il lui avait claqué la porte au nez. Elle sentit les larmes remplir ses yeux, sa gorge se serrer et les commissures de ses lèvres s'étirer vers le bas. Comment pouvait-on être aussi injuste et égoïste ? Elle le regarda fixement, les dents serrées. Elle voulait se rendre aux toilettes pour ne pas perdre contenance devant lui. Elle n'avait pas la force d'argumenter d'avantage. Pour l'instant, il s'agissait de se mettre debout et de se mouvoir sans que sa démarche ne trahisse son désappointement. Dans un mouvement calme, comme au ralentit, elle se leva, tenta de ne pas pleurer, de contenir son exaspération, de la ligoter, afin d'atteindre sa destination avant d'exploser. D'un minuscule geste, il pouvait modifier le destin de quatre personnes, mais il tournait délibérément la tête pour soigner son petit confort. Folle de colère, elle imagina l'écraser d'un coup de poing géant, comme un fruit trop mur. C'est tout ce qu'il aurait mérité à cet instant. Pourquoi ne pas l'aider sous prétexte qu'il y en a d'autres ? Pensait-elle. Pourquoi voter ou trier nos ordures, alors ? Chaque geste compte ! Chaque personne compte.

Les mots de Nicolas l'avaient giflée en pleine figure. En passant devant le miroir des toilettes, elle s'arrêta pour observer l'image de son visage. L'éclairage du plafond accentuait la profondeur de ses rides. Cette preuve du temps qui passe la peinait mais surtout, renforçait le besoin d'agir utilement et vite.

Sur la cuvette des toilettes, elle prit la décision d'agir sans son aide. Elle trouverait bien comment la faire construire seule, cette maison. Après tout, techniquement ça ne devait pas être bien sorcier et pour le financement... pour le financement, aucune idée. Elle ne pourrait prélever d'argent du compte en banque sans que Nicolas ne s'en aperçoive. Hors de question d'essuyer un nouvel orage. Elle mesurait à quel point son impuissance était pathétique. Telle une adolescente privée d'argent de poche, elle dépendait entièrement du bon vouloir de cet homme tout puissant qui restait de marbre.

Elle n'avait pas d'idée pour l'instant, mais la solution était certainement là, tout prêt. Il n'y avait qu'à prendre le temps d'y réfléchir.

En se lavant les mains, elle s'adressa au miroir comme s'il était Ilhame. Ne t'inquiète pas, dit-elle. Tout va s'arranger.

XXIII

Cette nuit là, en s'endormant, Claire eu la conviction que les tapis avaient été un prétexte du destin, pour lui faire rencontrer Ilhame. Elle réalisa que, aussi curieux que cela puisse paraître, depuis quelques mois son existence s'organisait entièrement autour de cette femme. Toutes ses journées, se construisaient autour d'elle. Pourquoi ? Pourquoi l'avait-elle laissée prendre autant de place dans sa vie ?

Parce qu'Ilhame était sa muse. À elle seule, elle incarnait aux yeux de Claire, la féminité bafouée à défendre.

C'était le moment de la nuit où ce qui est encore pensées, devient rêve. Ce moment où l'on glisse vers l'irrationnel. Dans la pénombre de la chambre, enfoncée dans la douceur des draps, elle devint doucement chevalier, perché en haut d'une colline. Juchée sur sa monture, elle regardait une vallée. Il faisait sombre, car d'épais nuages envahissaient le ciel. Un vent de liberté entrait par ses narines et emplissait ses poumons. Une force immense prit possession d'elle et la fit crier depuis le fond de son ventre. Puis elle lança son cheval à toute vitesse dans la pente. Dans une joute contre les nuages, elle les troua d'une lance pour permettre au soleil de percer et d'éclairer un petit bois, niché en contrebas. Une fois en bas, elle attacha sa monture au premier arbre de la forêt et pénétra le bois en écartant les branches qui entravaient son passage. Peu à peu, elle s'aperçut que de curieux lambeaux y étaient suspendus. En fait, ce n'était pas des lambeaux, mais des brins de laine. De la laine brute non filée, de sa couleur beige d'origine. Au fur et à mesure de sa progression, ils inondèrent progressivement l'espace. Le bois en était envahi. À tel point, que l'on ne distinguait même plus les arbres. Comme des mains invisibles, l'angoisse lui serrait de plus en plus la gorge et les trippes. Des milliers de mèches emplissaient l'espace et empêchaient son avancée. Soudain, une lumière éblouissante sembla venir de derrière la masse mousseuse. Elle sortit alors son épée et entreprit de trancher la matière pour dégager un chemin vers la brillance. Quand elle y parvint, elle découvrit une silhouette féminine, nue, en lévitation, dans la position du fœtus, qui semblait pleurer. Au-dessus d'elle resplendissait une bague géante. C'est elle étincelait.

XXIV

Au huitième tapis, une routine s'était installée. Plusieurs fois par semaine, Claire se rendait chez Ilhame. Ces moments se déroulaient toujours en elle dans la même chronologie: dans sa poitrine, le cœur s'accélérait lorsque son poing percutait le porte d'entrée. Elle redoutait de surprendre la tisseuse dans un moment inopportun, heurtant ainsi sa dignité, car bien des fois, sa méconnaissance des codes lui avait causé des déconvenues. Mais lorsqu'en ouvrant, Ilhame révélait sa mine réjouie et bienveillante, les craintes s'évaporaient. Après quelques formulent d'usage, son regard cherchait dans la pièce un coussin, afin de le saisir, de le placer au sol derrière le métier et enfin de s'y poser en position tailleur. Dès lors, une douce sensation de justesse l'emplissait. Comme si son âme pressentait que sa place était exactement là. Comme si le seul endroit sur terre où il était juste de se trouver, à cet instant précis, était ce coussin. Parce que c'était là qu'elle participait à la mise en œuvre d'un art, en collaboration avec une sœur. Ce qui était beau, c'était l'idée que l'entraide mène à la naissance d'un ouvrage d'une grande noblesse.

Durant ces précieux instants, elle observait cette femme, telle une joueuse de harpe muette, qui maniait harmonieusement chaque fils avec dextérité et précision. Derrière la paroi de laine tendue du métier à tisser, elle admirait les mains au travail. Chaque nœud, chaque coup de couteau était exactement placé. Cette fois-ci, le motif était complexe. Faire correspondre la logique des entrelacement à celle du dessin que Claire avait réalisé, était cette fois particulièrement ardue. Les deux femmes comptaient, crayonnaient, calculaient ensemble, faisaient, défaisaient. Le tissage redescendait un peu, puis reprenait sa course... Un, deux, trois blancs, deux noirs et on reprend. Au-dessus on décale de un.

Souvent, Omar assis à côté de Claire, caressait délicatement ses cheveux. Fasciné par leur couleur, il soulevait silencieusement puis lâchait les mèches légères et souples pour en observer leur chute. Claire faisait semblant de ne s'apercevoir de rien, pour ne pas l'interrompre. Ça lui rappelait son enfance, lorsqu'elle et ses cousines se coiffaient durant des heures pour éprouver ce plaisir sensuel du toucher des cheveux.

On frappa. C'était Mina. Elle traversa la courette et vint s'asseoir en quatrième position. Les deux marocaines échangèrent en arabe. Mina, d'humeur habituellement joviale, paressait alarmée. Malgré le respect qu'elle devait à leur vie privée, Claire ne put s'empêcher de demander :

- Qu'est-ce qui se passe ?
- C'est son mari. Il rentre demain. Il a téléphoné à Moha, le boulanger.
- Ah bon ? Il n'appelle pas sa femme ?
- Non, il ne l'appelle jamais. Mais le problème c'est que Omar a fait une grosse bêtise.
- Et alors ?
- Alors depuis quelques temps, à chaque fois qu'Hassan rentre, il frappe Ilhame de plus en plus fort. La dernière fois, il a utilisé un manche en bois. Et là, avec la bêtise de Omar, ça va être horrible !
- Mais qu'a-t-il fait de si grave ?
- L'autre jour il a fait une crise. Tu sais, quand le démon le prend, ses bras et ses jambes s'agitent dans tous les sens. Et comme cette fois il est tombé à côté de la télévision, il l'a cassée en donnant un coup de pied dans le meuble. Elle est fichue maintenant. Hassan utiliser de ce prétexte pour se mettre en colère.

Ilhame saisit le bras de Claire et affolée, prononça une phrase incompréhensible en arabe.

- Que dit-elle ?
- Elle dit que, pour elle, les coups c'est pas grave, mais que cette fois, elle a vraiment peur pour Omar.

Un sentiment d'urgence envahit Claire. La gorge serrée, comme si on l'étranglait, elle joignit ses deux mains devant sa bouche, le regard dans le vide. Il fallait impérativement accélérer son activité cérébrale pour trouver rapidement la solution.

- La bague !

C'était la bague de sa grand-mère, qui brillait au-dessus de la tête de la nymphe, dans son rêve ! En rêvant, son inconscient lui avait donné la réponse ! C'était la solution ! Le rêve lui avait indiqué le chemin ! Elle vendrait le bijou pour financer les frais d'achat du terrain ainsi que la construction de la maisonnette.

- Mina ! Demande-lui : est-ce qu'elle divorcerait si elle avait une maison à elle ?

Mina marqua un temps d'arrêt, puis traduisit la phrase sans conviction. Ilhame semblait ne pas saisir. Les deux femmes se livraient une bataille de mots de plus en plus précipités, qui montaient crescendo dans les aigüe. Puis Mina fit « chut ». Silence. Elle prit les mains des deux autres pour les rassembler et fit un signe interrogatif du menton vers Ilhame, qui acquiesça tout en soulevant les épaules, l'air résigné.

- Dis-lui que je vais lui construire une maison.

Claire savait le risque qu'elle prenait en faisant un tel cadeau. Ilhame pourrait très bien vendre ou louer la maison, influencée par son mari, et retourner à la case départ. Si tel était le cas, Claire aurait fait cela pour rien. Mais le risque en valait la peine.

Elle expliqua alors que, n'ayant plus de loyer à payer, l'argent des tapis aiderait à l'achat de la nourriture et du reste. Plus besoin de Hassan.

Mina traduisit à nouveau. Omar, comme d'habitude, n'avait pas perdu une miette de la discussion des grands. Ilhame posa sa main sur ses cheveux frisés. En faisant cela, elle se donnait un peu de temps pour analyser l'incroyable.

Alors, les yeux mouillés, elle agrippa violemment Claire et lui embrassa plusieurs fois le visage. Elle se recula à nouveau :

- Wagha khti (d'accord ma sœur).

XXV

Chaussée de bottes de pluie, Claire attendait Abdou le ferronnier. Il était le seul homme du coin, dont elle ait perçu la bienveillance. Sa logique technique en ferait un bon chef de chantier. Au bout du chemin, un grincement d'essieux se fit entendre. C'était sa charrette. Lui et son cheval approchaient tranquillement.

Une semaine plus tôt, elle avait signé l'achat d'un terrain en bordure du douar. La future maisonnette lui tournerait le dos et ferait face à un champ d'oliviers. Un ruisseau planté de roseaux longeait le terrain.

Abdou immobilisa son attelage et sauta à terre le sourire aux lèvres. Il ressemblait à son cheval : chauve, les tempes et les joues enfoncées, sa peau était marron-gris et ses dents, grandes et avancées. Il s'exprimait d'une voix presque imperceptible, avec calme et déférence. Son timbre doux était à la limite du chuchotement.

- Bonjour Madame Claire.
- Bonjour Abdou. Tu vas bien ?
- Oui, grâce à Dieu, Madame. Alors. C'est ça le terrain ?

- Comme je te le disais au téléphone, j'ai besoin de toi ici. S'il te plaît, pourrais-tu me trouver un maçon, un carreleur, un plombier, un électricien, un peintre ? Enfin, tous les corps de métiers pour construire un truc correct.
- D'accord, dit il en se grattant le menton.
- Quand pourrait-on commencer à ton avis ?
- Je ne sais pas, je dois voir. Mais j'ai déjà apporté un sac de plâtre. On peut commencer à dessiner l'emplacement sur le sol. Vous la voulez où votre maison ?
- Du plâtre ? Pour quoi faire ?
- Pour dessiner l'endroit de la maison sur le sol Madame. Vous allez voir. Montrez moi avec votre pied s'il vous plait.

C'est alors que Claire perplexe, tenta de visualiser la maison actuelle d'Ilhame. Ensuite, elle exécuta une chorégraphie singulière. Pour matérialiser l'emplacement des cloisons, de la pointe du pied, elle dessinait dans la terre. L'homme la suivait en balançant ses mains jointes d'avant en arrière, laissant tomber doucement un liseré de poudre blanche. En quelques minutes, les limites des mûrs étaient visibles sur le sol rouge.

- C'est génial ! Dans combien de temps la dalle sera-t-elle coulée Abdou ?
- Dans une semaine Madame. *Inch' Allah* !

C'est ainsi que les travaux démarrèrent, sans même que Claire ne pensa à demander le moindre devis, ni la moindre autorisation auprès des administrations urbanistes. Cela ne lui effleura même pas l'esprit.

- Abdou se montra digne de confiance et la maison sortit de terre en un mois. Personne ne devait savoir à qui elle était vraiment destinée. Cela aurait causé trop de problèmes. Elle prétendit donc que c'était pour elle, pour en faire son atelier de peinture car le calme et la lumière du village l'inspiraient. Cette idée flatta les habitants qui l'apprécièrent d'avantage.

Pour un artisan habitué à œuvrer seul dans son atelier, Abdou se montra bon coordinateur. Il semblait même s'être découvert une nouvelle vocation. En menant les ouvriers de manière juste et ferme il espérait secrètement devenir l'homme de confiance de Claire. Il était loin d'envisager son départ.

Lorsque la maison fut habitable, on put y sentir une belle énergie en émaner. Deux portes bleu Majorelle en fer s'ouvraient l'une sur le chemin et l'autre, le ruisseau. La maison était gaie et accueillante, colorée et lumineuse. La petite pièce principale était proprement meublée. Il y avait trois banquettes marocaines chatoyantes, une petite table de bois ronde aux pieds tournés et un téléviseur sur un tabouret. La cuisine était équipée d'un évier, d'un réchaud à gaz et d'un réfrigérateur. Un lecteur de *compact-discs* sur lequel Claire avait soigneusement disposé en équilibre, des disques de Oum Kalthoum, trônait sur la paillasse. L'espace dédié à la toilette se trouvait à l'extérieur, au fond de la cour. On avait construit un préau en plastique ondulé, pour accueillir le métier à tisser. Des carreaux de ciment à motifs bleus et jaunes revêtaient tous les sols ainsi que le bas des murs, afin qu'Ilhame puisse aisément lancer d'innombrables seaux d'eau, comme elle en avait l'habitude. C'était un luxe que ne possédait pas la plupart des maisons du coin, car on se contentait le plus souvent d'une simple dalle nue.

Claire fit aussi construire un poulailler de petite taille afin qu'il soit peu encombrant et facile à nettoyer. C'était une surprise. Elle avait hâte de voir l'émotion sur le visage de son amie lorsqu'elle le découvrirait.

Depuis le début, chaque jour, sous prétexte d'aller couper quelques roseaux ou de cueillir des herbes, Ilhame passait opportunément près des travaux, pour en observer impatiente, leur avancée. Toutefois, l'on était convenu d'un rendez-vous pour la remise officielle des clés, comme s'il s'agissait d'une surprise. Ainsi, le protocole épicerait la joie.

Le jour venu, pendant qu'Ilhame regroupait ses dernières affaires, Mina partit chercher Zorah et Yasmine au collège. Ensuite, elles cheminèrent main dans la main au travers du village et frappèrent successivement aux portes de quatre maisons afin de réunir sept femmes de confiance. Ensemble, silencieuses, elles transportèrent en un seul voyage, le métier et quelques poches de plastique. Personne ne devait empêcher le déménagement ! Afin d'éviter les fuites, les jeunes filles n'avaient pas été informées des plans à venir. Ilhame emportait peu pour ménager la colère de Hassan. Juste les vêtements, des tapis, le sucrier en porcelaine peinte qu'elle tenait de sa grand-mère et la photo fanée de ses parents.

Dés lors, sa vie au village allait se compliquer. Brebis gâleuse, paria, en prenant son autonomie elle incarnerait la révolte. On lui tournerait le dos, craignant la contagion. On interdirait aux femmes de lui adresser la parole et on ne lui pardonnerait pas de si tôt son audace.

Devant la porte, Ilhame se campa, fixant la couleur bleue, tétanisée.

- Mina, ça va être dur, chuchota-t-elle. Tu me laisseras pas hein ?

- Non, ma sœur. Il est gentil mon Icham, tu sais. Il ne me fera pas d'histoires pour venir te voir et t'aider un peu. Ne t'inquiète pas. Je serai là.

Il y aurait certainement une période difficile à supporter puis, avec le temps, les choses se normaliseraient. Mais combien de temps ? Elle n'aurait jamais la force d'attendre le pardon du village.

Soudain, comme un coup de fouet, le visage fou de Hassan lui apparut. Prise de panique elle réalisa combien elle avait été inconsciente. Il ne la laisserait jamais l'humilier de la sorte. Il s'introduirait de force chez elle et la battrait à mort cette fois ! Elle aurait dû rentrer dans la montagne, chez les siens. Sans divorcer. Elle l'aurait encouragé à prendre une deuxième épouse plus jeune. Elle n'aurait pas du écouter cette femme. Que connaissait-elle de sa vie ? Rien. C'était facile pour elle de donner des conseils de liberté ! Comme elle avait été bête de l'écouter. Elle se retourna et vit les porteuses derrière elle. Elles avaient posé le lourd métier à tisser à terre et attendaient ses instructions. Sa panique était presque palpable.

Comme si les ligaments de ses genoux avaient fondu, comme si l'intérieur de son ventre allait se vider sous elle, aveugle, elle chercha de la main, un soutien autour d'elle. Elle trouva celle de Mina pour la redresser.

- Mina. J'ai peur, chuchota-t-elle.
- Ça va aller ma sœur. Ça va l'arranger, c'est sûr. Comme ça il ne sera plus obligé de revenir. Il gardera son argent pour lui seul. Il préférera je t'assure. S'il faisait des problèmes, Icham lui parlerait. Ne t'inquiète pas. Allez ! Entre !

Elle entendait presque le claquement de la porte et le bruit de pas qui raisonnait, les gémissements de Omar et la boucle de ceinture qui cliquetait entre les doigts nerveux de Hassan.

170

Elle n'avait jamais crié à l'aide. À quoi bon ? Il n'y aurait personne pour la protéger. Méritait-elle un tel traitement ? Jusqu'ici, elle n'avait rien fait de mal. Résignée, docile, elle était restée fidèle, humble, aimable, digne, bienséante, veillant à la notoriété de ses bonnes mœurs. Cependant, elle avait acceptée l'offre de Claire car elle avait compris depuis peu qu'ici, on se fichait bien du vice ou de la vertu. Seules les apparences comptaient. Le village désirait par dessus tout un calme apparent. On n'entendait pas les coups. Ce qui advenait dans un foyer, une fois la porte fermée, n'intéressait que les langues de vipères.

C'était le mariage qui avait obligé Ilhame à vivre dans ce douar. Ses habitants n'étaient pas sa famille, ils ne l'avaient pas vue grandir et n'avaient aucune affection particulière pour elle. C'était tous des opportunistes, débarqués du Maroc entier pour se rapprocher de la ville. Des échoués, comme elle. Comme si la proximité urbaine en avait fait des mutants, calculateurs, jaloux et aigres. Leur culture n'était qu'en partie commune. En fonction qu'ils viennent de la mer ou de la montagne, d'origine nomade ou sédentaire, les marocains n'avaient pas tout à fait les mêmes usages. Certains même, la choquaient. Par exemple, pendant Ramadan, elle avait pour coutume familiale d'observer nuit et jour, tempérance et introspection. L'atmosphère du foyer se faisait plus silencieuse et recueillie. Pourtant, à Marrakech, il lui était impossible de fermer l'œil la nuit, pendant cette période. Le vacarme festif de ses voisins ne s'arrêtait qu'au lever du jour. Et pire ! Elle avait observé discrètement leur fils, volant un mouton bien gras à l'arrière d'un camion pendant que le chauffeur avait le dos tourné. Quel intérêt d'offrir à Dieu un objet volé !?

Mais seuls ses enfants comptaient. Pour eux, elle se battrait pour rester debout. Plus tard, lorsqu'ils prendraient leur envol. Elle retournerait dans la montagne, auprès des siens. Elle vendrait la maison de Claire et serait bien là-haut.

Ilhame trouva la force de pousser la porte bleue. La française l'attendait, plantée au milieu de la cour. Radieuse, elle tenait dans ses bras croisés une chemise de carton bleue. Ilhame, suivie des porteuses, franchit le seuil.

Son moment d'égarement était passé. Le visage rayonnant de victoire sur l'adversité, Omar agrippé à sa djellaba, elle posa son fardeau aux pieds de Claire qui lui tendait un dossier :

- Tiens. Ça c'est pour toi.
- Merci (articula-t-elle timidement en français).

C'était le document tamponné, attestant qu'Ilhame était propriétaire du terrain. Pour s'approprier les lieux, le petit garçon se mit à courir partout.

Demain, elle demanderait le divorce. La procédure était très rapide. À cette idée, il lui vint une terrible envie de vomir.

Pourvu que le temps apaise sa fureur. À moins que ça ne l'arrange finalement, comme disait Mina. Il n'avait que quarante ans et se marierait probablement à nouveau. Il ne serait enfin plus forcé de subir la vision affligeante d'Omar.

Elle s'autorisa enfin à regarder autour d'elle. Le son d'un caquètement attira son attention. Oh ! Un poulailler !

XVI

Quand l'ampoule économique blafarde au milieu du plafond s'éteignît, Omar ronflait déjà sur la banquette. A sa tête, des chaussettes roses remuaient. C'était les pieds de Zorah qui jouaient entre eux. Elle relisait une dernière fois sa leçon de géographie à la lueur de l'écran d'un vieux téléphone. Elle était allongée dans le prolongement de son frère. Plus loin, Yasmine les avait rejoints et au fond, près de l'entrée, Ilhame. Le soir après manger, on discutait un peu, puis on sortait les couvertures et les coussins de sous les banquettes sur lesquelles chacun prenait sa place. L'un d'entre eux faisait une prière, à tour de rôle, puis venait le noir, grâce à Yasmine qui avait la responsabilité de presser l'interrupteur, poinçonnant ainsi la fin de chaque journée. C'était l'instant de sa toute puissance car clore le jour lui appartenait entièrement.

- Zorah ferma son cahier, la petite lueur se tut, puis les respirations se firent plus fortes.

Pourtant, deux yeux fixaient le voyant rouge de la télévision. Impossible de les fermer. Ce soir, tranquille en apparence, Ilhame avait manipulé silencieusement les éléments du repas, s'était occupé de ses enfants comme à l'accoutumée, alors que l'angoisse la broyait de l'intérieur. Cinq jours qu'elle était dans la nouvelle maison et toujours pas de nouvelles d'Hassan. Ce délai lui était habituellement nécessaire pour quitter un chantier, se faire remplacer en négociant une commission, trouver un moyen de transport gratuit et venir d'on ne sait où lorsqu'elle l'en implorait. C'est pourquoi ce soir, s'il ne venait pas, ce serait peut-être bon signe. Cela signifierait qu'il les laisserait continuer leur vie sans lui. Elle n'ignorait pas qu'une personne bien intentionnée, un ami, aurait eu la bienveillance de le prévenir du déménagement et que, si la colère ne le poussait pas à tambouriner à la porte d'ici demain matin, alors la vie suivrait peut être son cours ainsi. Mais d'ici là, consciente que les murs de la coure étaient franchissables au moyen d'une simple échelle, elle ne parvenait à se calmer. S'il pénétrait, un seul coup de pied dans la porte du salon suffirait à les livrer à sa rage.

Dans le noir, les yeux mi-clos comme pour mieux entendre, elle respirait lentement la bouche ouverte. Tous ses sens étaient en alerte. Même ses mains, en effleurant le matelas tentaient de percevoir la moindre vibration. Dehors, des chats se battaient. Le vent s'était levé et secouait les roseaux. Omar toussa. Les filles blotties dans leurs lourdes couvertures douces à fleurs, tête contre tête, rêvaient peut-être. La trotteuse de la pendule cheminait bruyamment. Le vent s'amplifia, faisant maintenant siffler la porte. Les mains et les pieds glacés, elle commença à trembler. Soudain, elle entendit un tintement métallique dehors. La boucle de sa ceinture sur le sol ! Il était là ! Derrière la porte. Il voulait la surprendre. Grace à Dieu elle l'avait entendu. Elle connaissait parfaitement ce bruit ! Soudain, elle se souvint de la pelle qu'elle avait oubliée à côté de la porte. Mais dans le froid, elle n'avait tellement pas envie de se lever ! Elle rassembla son courage, s'enroula dans sa grosse couverture et ensaucissonnée, rejoignit la porte. Là, elle saisit la pelle et se posta le dos dans l'angle.

Plus de bruit métallique. Rien. Il voulait peut-être la faire attendre. L'épuiser avant de surgir. Pas grave, elle attendrait. Elle monterait la garde des jours durant s'il le fallait. Elle avait de l'endurance. Pour protéger ses enfants, elle avait tout son temps.

Un coq chanta. Les yeux s'ouvrirent et la lueur sous la porte lui indiqua que le jour était né. Sans s'en apercevoir, elle s'était donc endormie, dans le coin du mur, emmitouflée dans la couverture, appuyée sur la pelle. Alors elle se courba d'avantage, jusqu'à coller sa joue au sol pour regarder sous la porte. L'air qui en provenait lui assécha l'œil. Rien. Personne. Elle ne respirait plus. Silence. Alors, à quatre pattes, elle leva le bras et se risqua à l'entrebâiller. Rien. Elle se mit debout et l'ouvrit toute grande. Là, sur le sol de la coure, gisait une pince. Quelqu'un l'avait accrochée à une petite branche de l'oranger. Combien de fois l'avait elle remarquée ces derniers jours ? Et le vent l'avait précipitée au sol cette nuit. Voilà tout. C'était ça le bruit métallique ! Il n'était donc pas venu. Mais où était-il ?

XXVII

Claire aimait les jours de marché. Elle garait sa voiture à l'ombre d'un olivier et traversait tout le village à pied pour rejoindre Ilhame. Elle progressait dans le dédale de rues rouges, saluant les quincaillers, les marchands de légumes, de graines, de poules, de moutons.

Elle savait que chaque journée était jalonnée de *dernière fois*. Dernier passage chez l'herboriste de la Kasbah, dernier bouquet de roses anciennes, dernier tagine aux petits pois de Naema, dernier thé à la menthe, dernier sourire du vieux monsieur sculpteur de bois du marché, celui qui fabriquait en un clin d'œil de superbes couverts à salade en bois de citronnier.

Dans le boucan joyeux et souffrant du souk de Septe, aucun touriste. Juste une foule de gens qui s'affairaient à trouver le nécessaire pour une semaine de vie normale dans la campagne du Maroc. Claire ouvrait grand les yeux pour ne rien perdre. Elle avait hésité à prendre son appareil photo, mais ce filtre aurait atténué l'impression directe. Je préfère me rappeler de ce qui compte vraiment : l'Émotion. Son regard circulait hâtivement, comme avides de tout capturer. Visages, mains, couleur bleue, ocre, verte, tissus fleuris, nattes de plastique coloré, bassine orange, poussière, bijoux artisanaux, peignes en corne. Ses narines ouvertes attrapaient épices, foin, menthe, ambre, coriandre, fumier. Ici, un jeune guidait le vieil homme aveugle. Plus loin, sur le parking des ânes, l'un d'entre eux brayait. Là, des enfants, agglutinés par dessus un panier bondé de poussins, chahutaient.

Claire, cheminait lentement. Elle aurait voulu mettre le marché en boite pour l'ouvrir à sa guise à l'avenir et faire comme Gulliver : regarder les minuscules personnages s'affairer, humer les parfums et tendre l'oreille. Mais non. Le temps était venu de dire au revoir.

Le départ était prévu depuis deux mois, mais elle n'avait rien dit pour ne pas gâcher les quelques dernières heures passées ensemble. L'ambiance n'avait pas été plombée d'incompréhension.

Claire frappa à la petite porte bleue. Le *chkoun* coutumier retentit. Elle entra. L'hiver s'était installé. L'Atlas était blanc. Un soleil pâle inondait la campagne, faisant scintiller les gouttelettes posées çà et là. Ilhame pieds nus, avait jeté des seaux d'eau savonneuse sur les carreaux de ciment colorés qu'elle affectionnait tant. Elle frottait énergiquement le sol pour oublier qu'elle avait si froid. Soucieuse d'inspirer le respect, auprès de gens du village, elle prenait grand soin de sa maison. Et puis elle voulait montrer à Claire combien elle était digne de son cadeau.

Après les quelques salamalecs d'usage, les deux femmes s'assirent sur le petit banc de bois de la courette, au soleil. Claire appuya la tête contre le mur, ferma les yeux et profita de quelques secondes de silence. Puis elle prit sa respiration et saisit la main d'Ilhame. Dans son arabe minimaliste, elle lui dit :

- Ma sœur, je m'en vais.
- Où ? dit l'autre en exagérant l'expression de l'étonnement.
- Les deux femmes, au terme d'une année, avaient assimilé une trentaine de mots dans le langage de l'autre, qui suffisaient pour converser de manière basique : leur propre langage de mots français, darija et de gestes.

- En Europe, pour le travail de mon mari.
- Quand ?
- Dans une semaine. Elle souffla les joues gonflées, baissant le menton, levant les yeux, l'air contrit.
- Tu reviendras me voir ?

- Oui, si Dieu le veut... je ne sais pas.
- Tu es contente ?
- Oui et non.
- Attends.
- Ilhame se leva et se dirigea vers l'oranger, cueillit une feuille et la tendit à Claire.

- Prends. Garde-la pour ne pas oublier. Ne m'oublie pas. D'accord ?
- D'accord.
- Tu veux reprendre la machine ?
- Non, elle est à toi. Maintenant, les tapis aussi à toi. Les tapis, comme tu choisis. Tu comprends ?
- Ce sont tes tapis que je veux faire.
- Claire sortit de son sac un grand cahier et une belle boite métallique de crayons de couleur. Elle la lui posa sur les genoux.

- Tiens, c'est pour toi. Pour dessiner tes tapis.
- Merci. Tu attends les filles pour dire au revoir ? Elles arrivent bientôt. Attends un peu.

Claire sentit le piège poindre. On attendrait l'arrivée des filles des heures durant, on préparerait un repas, on mangerait sans fin. Bref, une journée entière s'écoulerait. Inenvisageable pour une européenne. Pourtant, les mois passés en compagnie

181

d'Ilhame lui avaient appris que ce sont *eux* qui ont raison, ces gens qui vivent sans montre, au rythme du soleil et de saisons, de la nature et de leur corps. Ils donnent le temps au partage, car ils savent profondément que chaque instant peut-être le dernier. Les horaires, ne sont pas importants. L'heure de quoi ? Pour quoi faire ? Nous, européens, courons sans cesse. Après quoi finalement ? Nous effleurons les instants précieux parce que nous avons toujours une meilleure ou une plus importante chose à faire (dont nous n'attraperons d'ailleurs que des miettes, car déjà, la suivante nous appellera).

C'était ainsi. Claire faisait partie de l'autre monde, avec d'autres coutumes et d'autres contraintes. Elle était bien obligée d'adapter son comportement à celui de son entourage là-bas, de l'autre côté des palmiers. Car si l'on n'épouse pas ses usages, le groupe nous rejette. C'est ainsi pour tous les modèles de société.

Un petit au revoir suffirait donc amplement. Le plaisir de la fête ne compenserait pas le désagrément d'une dispute supplémentaire avec Nicolas à propos d'Ilhame. Même une dernière.

L'intervalle avait été court. Une année. Une année pour comprendre que les femmes sont courageuses, qu'elles sont belles et variées. Qu'ensemble, elles sont capables de créer sans s'en apercevoir, des instants d'une telle poésie, d'une telle beauté. Elles avaient écrit une histoire de tendresse fraternelle, somme toute fort commune, mais qui les avait libérées. Une histoire de cœurs réciproquement ensemencés.

Un instant, Ilhame chercha l'accord dans les yeux d'une Claire fuyante. Puis, à la manière cinématographique, des images s'immiscèrent dans son esprit, parasitant sa vision du visage de Claire, juste en face d'elle. Des joues, des larmes, des dents blanches, des rires, des rayons de soleil dans les gouttes d'eau, épaules dégoulinantes dans l'ombre du hammam, la main bienveillante de Claire sur la tête d'Omar.

Claire ferma les yeux, inspira et pris Ilhame déconcertée, dans ses bras. Puis elle se leva et empoigna son sac.

- Attend !
- Quoi ?
- Hassan. Tombé avec l'autobus.
- Quel autobus ? L'autobus de Tichka ?
- Oui.
- Celui qui est tombé dans le trou ? Claire faisait le geste de la chute.
- Oui. Axidon (accident). Il est mort.
- Ah.

Silence. Pas de manifestation d'humeur. On devait le respect aux âmes.

- Bslama Khti (au revoir ma sœur).

Et Claire franchit la porte sans se retourner.

Certains pouvaient bien dire qu'elle était naïve, qu'elle s'imaginait une complicité feinte, que *ces gens* sont tous les mêmes, incapables de gratuité. Qu'importait ? Même s'ils avaient raison, Claire avait pris le risque en pleine conscience. Qu'avait-elle perdu finalement ? Du temps ? Elle en avait à revendre. Elle avait tout gagné. Elle avait appris. En découvrant les coutumes berbères, elle avait eu la sensation de toucher le passé du Monde. Nos ancêtres respectifs, français ou maghrébins, ne devaient pas être si différents finalement. Contrairement à ce que laissent imaginer les livres, l'Histoire de France n'est pas que rois, châteaux et cathédrales. Elle est aussi celle du peuple, dont on parle peu. On devine que le *Français normal* du XVIème siècle ne s'exprimait certainement pas comme Montaigne. Bien que les élites représentent une infime partie de leur société, c'est d'eux dont on se rappelle et que dont on utilise les travaux pour représenter une époque. Leur réalité est pourtant bien loin de celle du peuple. Les historiens devraient tenir compte de cela.

Il en allait de même à Septe. Certes, le mode de vie actuel des douars urbains était bien loin des images que communiquent les offices de tourisme, moins esthétique, parfois malodorant, jonché d'ordures et de plastique chinois, mais rempli d'humain bien réels et d'émotion. Elle avait vibré en découvrant la beauté cachée sous la misère. Elle avait appris la valeur d'un rire et fait connaissance avec un autre elle-même (plus fort et plus chanceux qu'elle ne l'imaginait jusqu'alors) et aussi qu'il était urgent de s'émerveiller, de capturer les instants de grâce qui peuplent les jours. Renaud a dit : *Il faut aimer la vie et l'aimer même si. Le temps est assassin et emporte avec lui. Les rires des enfants.* Il était indécent de gaspiller ce temps en actions vaines. Urgent de dire aux gens qu'on les aime sans plus attendre, de les écouter, de ne plus perdre sa vie à la gagner et de chercher l'harmonie dans tout.

Dans quelques jours, le camion de déménagement quitterait la palmeraie pour Majorque. Elle aurait sa mer et ses rochers, certes un pincement au cœur, mais une nouvelle page à écrire.

XXVIII

Un matelas de coton d'un blanc éclatant, s'étendait jusqu'à la ligne d'horizon. L'avion toucherait terre dans un quart d'heure. Il pleuvait certainement dessous. Tant mieux. Vive la pluie. Quoi qu'il en soit, Claire ne comptait pas passer la semaine à bronzer. Trop de choses à faire. Elle n'était pas revenue depuis des mois. À cour de stock de tapis anciens, elle était de retour à Marrakech pour chiner un peu et dégoter quelques nouveautés. Elle s'était improvisée *dégoteuse* d'artisanat marocain d'exception, auprès des gens aisés de l'île et ça marchait bien. Elle organisait des ventes privées dans lesquelles, telle une marchande ambulante, elle déroulait des kilomètres de tapis et dévoilait des objets merveilleux, entre deux flûtes de champagne. Ses clients étaient friands de ces trésors : poterie de Tamegrout, broderie de Fez, dinanderie raffinée... elle reviendrait désormais régulièrement. Elle avait un vrai talent pour raconter leurs histoires. Son succès était tel, qu'en trois ventes, il ne lui restait rien.

À présent, elle envisageait d'ouvrir son propre magasin, comme sa grand-mère l'avait fait un demi-siècle plus tôt.

Elle était ravie à l'idée d'arpenter le dédale des cavernes multicolores de la médina pendant les quatre prochains jours.

Elle prendrait son temps, se poserait sur des tabourets, boirait du thé, humerait les épices, converserait avec les commerçants...

Mais avant les emplettes, il lui tenait à cœur de faire quelque chose. Elle voulait se rendre à Septe pour savoir ce qu'était devenue sa petite famille de protégés. Cette semaine, elle pourrait même aller tous les matins prendre un petit déjeuner avec son amie.

Elle sursauta. Les roues de l'avion venaient de heurter le tarmac, l'arrachant brutalement à ses pensées.

Après l'atterrissage, en se dirigeant vers le terminal, sur le goudron mouillé et puant, elle maîtrisait difficilement sa démarche, luttant pour dissimuler son impatience et paraître calme, alors qu'intérieurement, elle exultait.

Elle sortit de l'aéroport, récupéra la voiture de location qui l'attendait sur le parking, jeta ses sacs sur la banquette arrière et démarra. Curieusement, le visage d'Ilhame s'était légèrement effacé de sa mémoire, mais ce qui restait bien net, c'était ses mains : nobles et délicates, maigres et longues, attrapant les fils et le peigne, essuyant la farine sur ses joues, frictionnant le linge dans l'eau savonneuse, claquant entre elles pour un éclat de rire, essorant ses cheveux, nettoyant ses pieds, essuyant une larme, se posant respectueusement au sol en

187

prière. Ces mains belles. Les mains du travail et du courage, de la fragilité et de la force. Les mains qui disent je t'aime. Ces mains si fatiguées, usées. Ces mains là avaient saisi celles de Claire tant de fois pour dire des choses que la bouche ne savait exprimer.

À quoi sa vie ressemblait-elle désormais ? Avait-t-elle su se débrouiller seule ? Comment vont les enfants ? Un frisson lui hérissa l'épiderme. Omar ! Elle n'osa envisager le pire. Et dire qu'aujourd'hui, elle était sur le point de frapper à la petite porte bleue !

La route de la Palmeraie semblait plus large que dans ses souvenirs. On avait dû faire des travaux. Ici ça pouvait aller très vite. On avait déjà vu des avenues entières goudronnées et fleuries en une nuit. Cette double voie rutilante semblait exister depuis toujours, tant elle était aboutie. Mais il y avait un problème. Quelque chose sonnait faux. Cela faisait trop de temps que la voiture roulait. Tout à coup elle réalisa qu'elle avait forcément dépassé le village, car elle s'était bien trop éloignée de Marrakech. Comme dans un étrange rêve, elle ne reconnaissait pas le paysage qui l'entourait. Comment était-ce possible ? Il y avait tout juste un an qu'elle était partie et elle était déjà incapable de se situer ! Elle fit demi-tour, revint sur ses pas, toujours rien. Était-elle si fatiguée qu'elle en perdait la perception de l'espace ? J'ai l'impression d'être ivre, pensa t-elle. Me suis-je trompée de route ? Elle fit demi tour à nouveau. Sur les bords de la chaussée neuve parfaitement lisse, les palmiers défilaient, derrière les rambardes en ferraille. Elle regardait les quelques baraques par-ci par-là, mais rien de familier. Décidant de quitter la route pour se renseigner, elle entra dans une épicerie et demanda par où se rendre au village de Septe. L'expression interdite de l'homme amplifia son sentiment d'inquiétude. Dépité, il lui expliqua que pour agrandir la route, les habitations avaient été rasées. Il ne restait que quelques maisonnettes. Les habitants propriétaires avaient été relogés dans des tours à quarante kilomètre de Marrakech. Les locataires eux, s'étaient débrouillés comme ils avaient pu. Le gouvernement avait construit des cités de béton verticales, en plein désert de cailloux. Des autobus acheminaient les habitants ainsi mis à l'écart, jusqu'à la ville, à une heure de là. Ilhame vivait probablement dans une de ces tours pétrifiées. Fini le havre de paix, fini les murmures du village, les orangers, les poules, la verdure, le clapotis du ruisseau, la vie horizontale, sur le sol.

Ainsi sa muse s'était volatilisée. Le pont qu'elles incarnaient finalement entre les deux mondes était-il rompu pour autant ? Non. Il restait les tapis. Ces objets que Claire se devait de continuer à colporter, comme autant de messages venant de la Terre, seraient les vecteurs. Ils véhiculeraient cette bonne parole. Claire se devrait plus que jamais de raconter l'histoire des femmes, à chaque fois que l'un d'entre eux trouverait sa place dans un intérieur. L'histoire de ces symboles, de ces cœurs et de ces mains. L'histoire d'une culture, d'une générosité, d'une douceur. Elle se devrait de prendre le temps pour le faire. Elle le devait aux femmes.

Elle sortit du magasin sans même saluer, se détourna de la voiture et marcha titubante vers les palmiers, abasourdie. Elle s'assit à même le sol face au tiède soleil couchant.

Elle effleura la poussière subtilement, regarda ses mains rosies puis les caressa entre elles. Son dos était vouté. Elle retira ses chaussures et posa ses pieds nus dans la poudre douce.

Sous ses jambes repliées, une fourmi se frayait un chemin entre poussière, sable et cailloux. Claire la laissa grimper soigneusement sur sa main et prit le temps de l'observer.

Comme elle était courageuse, si petite.

FIN

Merci à Pierre Corratgé, mon ami dans les étoiles, pour les graines que tu as faites germer en moi. Tu avais raison, « l'homme a besoin de projets ». Tu me manques.

Merci à Papa et Maman pour les valeurs que vous m'avez enseignées et à ma tante Florence Dhulmes, pour l'amour dont tu m'as nourrie.

Merci à Selma Laraqui, Laurence et François Chambris pour votre générosité, votre patience et votre indulgence.

Merci à Cyril Bureau et à Claudine Naffak pour vos critiques constructives.

22101908R00108

Printed in Great Britain
by Amazon